O INVENTÁRIO DAS COISAS AUSENTES

CAROLA SAAVEDRA

O inventário das coisas ausentes

Este livro foi selecionado pelo Programa Petrobras Cultural

Copyright © 2014 by Carola Saavedra
Publicado mediante acordo com a Literarische Agentur Mertin inh.
Nicole Witt e.K. Frankfurt am Main, Alemanha

Grafia atualizada segundo o Acordo Ortográfico da Língua Portuguesa de 1990, que entrou em vigor no Brasil em 2009.

Capa
Kiko Farkas e André Kavakama/ Máquina Estúdio

Preparação
Leny Cordeiro

Revisão
Adriana Bairrada
Thaís Totino Richter

Os personagens e as situações desta obra são reais apenas no universo da ficção; não se referem a pessoas e fatos concretos, e não emitem opinião sobre eles.

Dados Internacionais de Catalogação na Publicação (CIP)
(Câmara Brasileira do Livro, SP, Brasil)

Saavedra, Carola
 O inventário das coisas ausentes / Carola Saavedra. —
1ª ed. — São Paulo : Companhia das Letras, 2014.

 "Livro selecionado pelo Programa Petrobras Cultural".
 ISBN 978-85-359-2403-9

 1. Romance brasileiro I. Título.

14-01256   CDD-869.93

Índice para catálogo sistemático:
1. Romances : Literatura brasileira 869.93

3ª reimpressão

Todos os direitos desta edição reservados à
EDITORA SCHWARCZ S.A.
Rua Bandeira Paulista, 702, cj. 32
04532-002 — São Paulo — SP
Telefone: (11) 3707-3500
www.companhiadasletras.com.br
www.blogdacompanhia.com.br
facebook.com/companhiadasletras
instagram.com/companhiadasletras
twitter.com/cialetras

Jeder Mensch erfindet sich früher oder später eine Geschichte, die er für sein Leben hält.

[Todo mundo, mais cedo ou mais tarde, inventa uma história que acredita ser sua vida.]

Max Frisch

CADERNO DE ANOTAÇÕES

Quando Nina completou cinco anos de idade seu pai lhe ensinou a jogar xadrez. Não que esperasse fazer dela um daqueles gênios russos que passam a vida diante de um tabuleiro, não, sua intenção era outra, menos concreta e, talvez, bem mais difícil de ser alcançada. O xadrez, de forma lúdica e simples, a ajudaria a compreender os rudimentos daquilo que, segundo as palavras do pai, seria o seu mais valioso legado: o pensamento lógico. Veja bem, ele dizia, este é o peão, o peão só é capaz de andar uma casa para a frente, a não ser na primeira jogada, que permite um deslocamento de duas casas, agora, para capturar alguma peça, você o movimenta na diagonal, entendeu? Ela fazia que sim com a cabeça, ele continuava, já o bispo se movimenta somente na diagonal, podendo deslocar-se quantas casas o jogo lhe permitir, está claro?, ela continuava concordando, apesar de intuir que sua compreensão das peças e respectivas funções manteria para sempre algumas inconsistências fundamentais.

Para o pai de Nina, o pensamento lógico era uma espécie de salvo-conduto. É que ele, homem racional e sistemático, sempre esteve convencido de que as mulheres, devido aos hormônios ou algum outro aspecto misterioso de sua constituição, teriam uma clara tendência à loucura e a todo tipo de irracionalidade. Tratava-se, assim, de uma educação profilática. Além da loucura (ataques de choro, desmaios, chiliques), deveria prevenir todo tipo de fraqueza teórico-existencial: esoterismos, crendices, rezas, possessões, e qualquer outra manifestação de religiosidade. E o currículo incluía não apenas o xadrez, mas também aulas de lógica, evolução, cosmologia, história antiga e noções de filosofia. Sem falar no vigoroso treinamento físico (*mens sana in corpore sano*), que consistia em longas caminhadas na areia da praia e exercícios de natação em alto-mar.

A lógica, porém, não era a única preocupação, havia o que talvez fosse o maior interesse de seu pai: a ciência. A ciência explicaria e salvaria o mundo de todos os males: da miséria, da loucura, dos terremotos, da crise econômica, das ditaduras, e principalmente da ignorância. Nina era capaz de lembrar com detalhes o dia em que ele, decidido a iniciar de forma abrangente e sistemática a sua educação científica, apareceu trazendo a enciclopédia *Mirador*. Eram vinte volumes, acompanhados de dois dicionários e uma bíblia. Num primeiro impulso pensou em descartar imediatamente a bíblia, contudo, depois de alguns minutos de reflexão, concluiu que talvez fosse bom mantê-la em casa, assim vigiariam o inimigo de perto, consultariam suas incoerências e poderiam, depois, com conhecimento de causa, reduzi-lo a cinzas numa série de argumentações irrefutáveis.

A partir de então, todos os dias, quando chegava do trabalho, e antes do jantar, sentava-se com a filha à mesa e dizia, muito bem, vejamos o que a *Mirador* nos reserva para o dia de hoje. A *Mirador* era bastante eclética, e lhes reservava os temas mais variados, Grécia antiga, sociolinguística, Guerras Napoleônicas, evolução dos mamíferos, o Big Bang. Com o primeiro volume da enciclopédia aberto em cima da mesa, ele explicava: o universo não é criação de um ser superior ou divino, como gostariam os religiosos, mas apenas uma massa que surgiu do nada. O universo é uma massa, ele repete, e faz uma pausa diante da cara de espanto de Nina, talvez para realçar a importância do que dizia. Originalmente muito densa, com temperaturas inimagináveis, que com o passar do tempo foi perdendo calor, e, por isso, se expandindo. Não um universo estático criado em seis ou sete dias, mas um universo em constante expansão, aliás, o universo continua se expandindo, e em algum momento se extinguirá. Nessa altura do discurso, Nina lançava-lhe um olhar apreensivo, o que seria deles, da casa, do cachorro, e até mesmo das enciclopédias *Mirador* quando o universo se extinguisse. Bom, quando isso acontecer, a humanidade já terá desaparecido da face da Terra há bilhões de anos. Estaremos todos no céu?, Nina sugeria não muito segura da sua hipótese, o pai dava uma gargalhada, claro que não, que ideia mais absurda, não existe céu. Não?, as palavras saíam num fiozinho de voz. Claro que não, isso é coisa de gente ignorante, de quem tem medo de aceitar as coisas como são, a gente morre e acabou, pronto, não há nada depois, nem corpo, nem pensamento, nem céu, nem inferno, nem Jesus Cristo, nem madre Teresa de Calcutá. Não há nada. Absolutamente nada. A gente morre e fim.

- - -

Ainda não sei nada sobre a história. Apenas algumas ideias desconexas, um homem velho, uma casa, diários. Um filho.

- - -

Nina tinha vinte e três anos quando a vi pela primeira vez. Descia as escadas da faculdade carregando uma pilha de livros nos braços, pendurada no ombro direito, uma imensa bolsa de plástico amarela. Pequena, cabelo curto, o rosto sem maquiagem, a pele curtida de sol. O corpo musculoso e a forma um pouco brusca de se movimentar davam-lhe um ar andrógino. Não era bonita, mas tinha algo que desde o início me intrigou. Nina olhava para o mundo, para as pessoas como se as interrogasse, como se quisesse esmiuçá-las, arrancar-lhes algum segredo e, ao mesmo tempo, como se ela estivesse sempre em outro lugar. E foi com esse olhar que ela se aproximou aquele dia. Eu estava sentado num banco logo em frente à escada, num caderno fazia minhas anotações de escritor iniciante, algumas frases soltas que na época me pareciam extremamente inteligentes ou curiosas ou sutis, a juventude acentuava minha arrogância natural e eu traçava planos irresistíveis para um romance de oitocentas páginas, no qual, num trabalho de inovação de linguagem, recontaria toda a história do Brasil. Posso me sentar aqui?, ela perguntou, e imediatamente me chamou a atenção o leve sotaque, talvez argentino, espanhol, recuei um pouco de modo a dar-lhe lugar ao meu lado. Ela sentou-se com as pernas cruzadas feito um iogue, deixou a bolsa no chão. Era uma bolsa de plástico brilhoso, contrastando com as bordas de tecido preto. Chamativa, parecia pertencer a outra pessoa, pensei, enquanto olhava com interesse para Nina. Após alguns instantes, ela apontou para o meu caderno, o que você está escrevendo?, eu fechei o caderno num gesto automático, nada, só algumas anotações sobre a última aula. Eu vi você lá de cima e fiquei curiosa, Nina falava bem português, mas percebia-se que era estrangeira, depois soube que era do Chile, Nina tirou da bolsa um pacote de balas, depois soube que eram de gengibre, me ofereceu uma, quer?, eu aceitei e veio aquele gosto estranho, forte, adocicado, cuspi a bala de volta no papel. Nina achou graça, continuou, como se falasse para si mesma enquanto acendia um cigarro, sempre gostei de pessoas sentadas num banco, sozinhas, escrevendo ou desenhando, dão a impressão de que se bastam, apenas elas e o caderno. São pessoas que não precisam de ninguém, ninguém que as entretenha, ninguém que lhes faça um agrado, ou lhes diga algo triste ou surpreendente. Eu achei bonito aquele sotaque.

- - -

A história começa a se delinear. Será uma história de família.

- - -

O avô de Nina era um jovem cineasta. Dava aulas na universidade e fazia documentários para o partido socialista. Defensor da Revolução Russa e entusiasmado com o cinema de Eisenstein, lia Maiakóvski, e Huidobro e Vallejo. Se não estava filmando, ou contribuindo para a revolução latino-americana, passava o tempo em intermináveis conversas de bar. Era fundamental conscientizar o povo, só a consciência política acabaria com séculos de submissão. Nessa batalha, o cinema era a grande arma. O cinema levaria o conhecimento às massas, o cinema salvaria o mundo. Além disso, o avô de Nina era ateu, e a religião, um inimigo a ser combatido. A avó, por sua vez, mulher temente a Deus, rezava para que as coisas melhorassem, para que aqueles baderneiros deixassem de perturbar a cabeça de seu marido, e para que ele, finalmente, tomasse jeito.

Até que aconteceu. O avô de Nina já beirava os trinta anos quando houve o episódio que iria mudar a sua vida. De um dia para o outro, dores terríveis, ele mal conseguia levantar da cama. No início pensou que fosse qualquer bobagem, algum tipo de crise, se entupiu de remédios, mas como as dores não passavam, viu-se obrigado a procurar ajuda. Após uma série de exames, consulta a diversos especialistas, resultado: câncer fulminante, não havia nada a fazer, deram-lhe no máximo três meses de vida. A avó desesperada, ficaria viúva e com dois filhos pequenos, pedia todos os dias por um milagre. O avô também se desesperava, não estava em seus planos desencarnar assim tão cedo, havia ainda muito a fazer, o cinema, a Revolução, as massas. Ele, porém, não rezava, passava os dias arrastando-se de um lado para outro e maldizendo o destino que abreviaria seu fim. Foi quando aconteceu o episódio propriamente dito. O avô de Nina teve uma visão. Dessas que aparecem nos filmes e nas pinturas medievais. Jesus. Era inverno, fazia frio e ainda não amanhecera quando acordou e foi até o pátio. Sentou-se numa cadeira e ficou lá, enrolado num cobertor, sentindo as dores terríveis que havia semanas não o deixavam em paz. Naquele momento, ali no pátio de casa, junto com a alvorada, Jesus apareceu. Ninguém na família sabe ao certo o que Jesus disse ou fez, mas segundo

Nina, depois desse encontro a doença regrediu, e poucos meses depois ele estava completamente curado. Em face do milagre, o avô de Nina resolveu começar uma nova vida, largou tudo, o cinema, o socialismo, a universidade, e abraçou a religião, ou seja, converteu-se ao evangelho, passando a frequentar, com afinco e entusiasmo, os cultos da Igreja Presbiteriana.

Em sua nova realidade, o avô de Nina passou a enxergar as coisas como elas realmente eram, convenceu-se da decadência dos grandes centros urbanos, era necessário ir embora de Santiago, daquela vida de dissipações. Reuniu a família e mudou-se para Chillán, uma pequena cidade ao sul do país. Lá, com o mesmo empenho que antes dedicara à causa socialista, tornou-se reverendo e um dos principais articuladores da Igreja. O entusiasmo, porém, não acabaria aí. Criticando o que lhe pareciam maus costumes, liberdade em excesso e pouca fé, lideraria um grupo de dissidentes com os quais fundaria a Igreja Presbiteriana Fundamentalista, e dez anos depois, a associação das Igrejas Presbiterianas Fundamentalistas da América Latina.

Os avós de Nina educaram seus filhos segundo os rigorosos preceitos da religião: horários estritos, hábitos austeros, fé inabalável. E da educação recebida, restou ao pai de Nina um profundo ódio por qualquer tipo de manifestação religiosa, esses fanáticos, como é possível que acreditem em Deus, a coisa mais absurda que o homem já inventou, ele se exaltava. E tinha verdadeiros ataques de fúria quando aparecia alguém falando de reencarnação, ou das previsões nos astros ou nas cartas do tarô. Muitos jantares acabavam assim, contava Nina, um desavisado no alto de seu entusiasmo dizendo que encontrara uma astróloga incrível, ou um adivinho, e seu pai, sem perder tempo, vociferando que a pessoa em questão (um dos comensais) era uma besta quadrada. Isso não tem a menor lógica, costumava repetir.

- - -

O pai de Nina é engenheiro. Acredita na ciência com a mesma ferocidade com que o avô acreditou na religião. Uma espécie de fanatismo pelo avesso. Nina é a neta do reverendo. Filha de um pai ateu.

- - -

História paralela. Viena. Uma mulher inconformada com a separação, o marido havia se apaixonado por outra, faz de tudo para que ele volte, implora, se humilha, chora. Depois o agride, faz escândalos. Mas o homem é irredutível, o amor acabara. Até que num momento, parece que ela já tinha um histórico de perturbações mentais, tomada pela impotência e para vingar-se dele, joga os dois filhos do casal pela janela. Uma menina de sete e o garoto de cinco. As crianças morreram ali, no asfalto, no meio de uma das ruas mais movimentadas de Viena. A mulher foi julgada, e após comprovarem que tinha enlouquecido, ou talvez sempre tivesse sido louca, a enviaram para uma instituição psiquiátrica. Segundo as enfermeiras, ela praticamente não falava, mas era muito dócil, ajudava em tudo o que lhe pediam, era cuidadosa, gostava de cozinhar, se oferecia para descascar batatas, lavar a louça. Ela morreu um ano depois, exatamente um ano após o crime a encontraram caída na neve no jardim da instituição, ninguém sabe muito bem o que aconteceu, no laudo médico escreveram: morte natural.

- - -

Nina falava com entusiasmo, os gestos amplos e seguros, era o nosso primeiro encontro depois daquele dia na faculdade. Haviam se passado duas semanas, eu a procurara discretamente pelos corredores, e já tinha quase desistido quando ela apareceu, esbarrando em mim na porta da biblioteca. Olha só, o moço do caderninho, você me pegou de surpresa, foi tudo o que eu consegui dizer. Nina sorriu, usava uma calça masculina e uma camiseta de tecido leve, os seios pequenos. O que você vai fazer agora, perguntei? Tenho aula, ela disse, enquanto se afastava em direção aos elevadores. Logo em seguida pareceu mudar de ideia, espera aí, aproximou-se novamente, arrancou uma folha de caderno, escreveu alguma coisa e me entregou. Depois seguiu pelo corredor da biblioteca sem olhar para trás.

- - -

Pedro faz pouco-caso das minhas angústias, bobagem, ele se levanta, vai até a porta, mas, antes de fechá-la e ir embora, pergunta, por que você não escreve um romance autobiográfico? Eu digo, não gosto de romances que acabam antes do fim.

- - -

Nos encontramos no dia seguinte, num bar em Copacabana, ela sugeriu, moro ali perto. Eu cheguei cedo, sentei numa mesa ao fundo, queria ter uma visão mais ampla de quem entrava e quem saía. Nina chegou com meia hora de atraso, me desculpe, eu nunca me atraso, não sei o que aconteceu. Ela colocou a enorme bolsa sobre a mesa. Está de mudança? eu apontei para a bolsa, ela riu, não, na realidade costuma estar quase vazia, mas eu sempre acho que pode acontecer de eu precisar carregar algo inesperado, tipo o quê?, eu perguntei, sei lá, tipo um chapéu, um abajur, ou um tamanduá. Um tamanduá?, é, eu coleciono, de barro, pedra-sabão, mas os de madeira são os meus preferidos, por causa da textura. E você, coleciona? eu?, não, eu não coleciono nada, aliás nem sei direito como é um tamanduá, ah, parece um urso, um urso com um focinho de tamanduá. Olhei para ela com carinho, ia dizer que estava feliz com o nosso encontro, quando ela me interrompeu, vamos pedir alguma coisa? Eu pedi uma dose de uísque, na época eu achava que todo escritor bebia uísque, ela pediu um suco de acerola, Nina não tinha pretensões literárias. Depois falamos sobre o calor, sobre a faculdade, depois Nina contou da sua família, o pai engenheiro, o avô, meu avô era cineasta quando jovem, dava aulas na universidade e fazia documentários para o partido socialista. Eu bebi várias doses de uísque, muito mais do que estava acostumado, Nina continuou com o suco de acerola, quanto ao final da noite, lembro muito pouco, apenas de ter tentado beijá-la e de ela ter correspondido.

- - -

Pedro: o livro é sobre o quê? Não sei. Como não sabe? Bom, é sobre um homem que escreve dezessete diários. Só isso?, o livro é sobre um homem que vai morrer. Só isso?, é também sobre um pai e um filho.

- - -

A avó materna de Nina nasceu na Espanha. Os pais eram de Castela. A Espanha passava por uma grande recessão. Muita gente imigrava para a América Latina, e a família tinha alguns parentes no Chile. Foi uma longa viagem. Segundo Nina, a avó diz que sua primeira lembrança era justamente ali, a bordo de um navio. Lembra que se sentia péssima, vomitava. Lembra também da cabine, mínima, e da comida que mal conseguia engolir. Ela dizia, é como se a minha vida tivesse começado ali, num navio, atravessando o Atlântico. A primeira recordação em terra firme é de Valparaíso. Nunca vou me esquecer. Chegamos de madrugada, ainda estava escuro e via-se um mar de pequenas luzes subindo as montanhas.

Instalaram-se em Santiago, num bairro de imigrantes espanhóis, e abriram uma pequena mercearia. Não eram pobres, mas também não tinham dinheiro para luxos, apenas o básico, colégio, roupas, comida, transporte. Para a avó e seu irmão. E ela cresceu assim, nessa família simples, austera e tradicional. Entre as tradições, havia uma que a afetava diretamente, criança, ainda não compreendia muito bem o que era, mas no início da adolescência, muito rápido percebeu do que se tratava. Apaixonou-se por um dos rapazes da colônia, jovem, trabalhador, e como ela, filho de espanhóis. Trocaram olhares e sorrisos, depois alguns bilhetes em encontros fortuitos. Mas quando ele foi pedir a permissão dos pais para o namoro, a mãe dela imediatamente se adiantou. E, pela primeira vez, foram esclarecidas as regras da tradição, uma dessas tradições medievais do interior da Espanha, na realidade uma única regra, porém definitiva: a filha mais velha estava destinada a cuidar dos pais e por isso devia permanecer solteira. A avó de Nina chorou, seu pretendente voltou a fazer o pedido inúmeras vezes, mas não houve jeito. Tradição era tradição, e se os pais haviam se sacrificado por causa dos filhos, para criá-los, fazer deles pessoas decentes, dar-lhes um futuro, agora era mais do que justo que exigissem um pouco de obediência e gratidão.

E a avó de Nina foi obrigada a aceitar. Viu as amigas se casarem, e chorou durante meses ao saber que seu pretendente desposara outra moça. Aceite a vontade de Deus, minha filha, dizia-lhe o pai, um pouco menos duro que a mãe, mas incapaz de ajudá-la. E o tempo foi passando, ela aprendeu um ofício, para ajudar nas despesas da casa, tornou-se costureira, fazia os bordados que as lojas elegantes de Santiago lhe encomendavam. E o tempo continuou passando. Ela já estava com trinta anos e totalmente resignada quando aconteceu. Um dia, no ônibus. Voltando do centro da cidade, aonde havia ido entregar uma encomenda, um homem muito bonito e muito jovem sentou-se ao seu lado. Cumprimentou-a. Ela sorriu, mas logo virou o rosto fingindo olhar a paisagem. Ele continuou falando. Segundo Nina, sua avó nunca conseguiu reproduzir aquela conversa, porém fosse como fosse, ao chegar ao ponto final, ela saltou e ele foi atrás. Seguiu-a até em casa. Ele lhe fez um aceno com o chapéu, ela sorriu. Chamava-se Eliseo, filho de uma família tradicional de Santiago, em outros tempos haviam tido considerável fortuna, agora em decadência, e Eliseo, o futuro avô de Nina, em vez de estudar, passava as tardes apostando nas corridas de cavalo. Mas isso a avó ainda não sabia.

Entretanto, na casa da avó de Nina nada havia mudado. E ela estava certa de que se os pais não haviam aceitado um rapaz espanhol, muito menos aceitariam um chileno e, ainda mais inaceitável (isso a avó também só foi saber depois), muito mais novo. Dezenove anos tinha o futuro avô de Nina naquela época, ou seja, um homem onze anos mais jovem que ela. Mas a avó sabia também que aquela provavelmente seria sua última chance. Por isso, quando Eliseo a pediu em casamento, ela, que sempre fora obediente, submissa, tomou a decisão que seria o grande ato de rebeldia de sua vida, e que mudaria tudo o que estava por vir. Aceitou o pedido. Ele juntou a papelada, comprou as alianças, e foram os dois até o cartório. Ali, na presença de alguns passantes, que serviram de testemunhas, eles se tornaram marido e mulher.

- - -

No bar entrego a Pedro os primeiros capítulos, é só um rascunho, não revisei ainda. É a história de que te falei. Ele não diz nada, passa os olhos pelo primeiro parágrafo, eu tento ler na expressão do seu rosto algum indício de simpatia ou desprezo.

- - -

Muito tempo depois Nina me diria; sabe aquela vez quando nos reencontramos e eu te convidei para ir ao cinema, sim, lembro, sabe, foi uma espécie de declaração. Declaração de quê?, eu perguntei distraído, de amor, Nina colocou a mão sobre o meu braço. Como assim? Não costumo chamar um desconhecido para ir ao cinema, a menos que eu esteja apaixonada. Lancei-lhe um olhar incrédulo, declaração de amor estranha essa, ela decide explicar, é que ir ao cinema é algo extremamente íntimo. Nina tinha dessas estranhezas, desde quando ir ao cinema é algo íntimo? Claro que é, você fica ali no escuro, ao lado da pessoa, os dois em silêncio, é como se você dormisse ao lado dela e sonhasse o mesmo sonho.

- - -

Pedro mora num apartamento com vista para a Lagoa, a mulher tem dinheiro, executiva de uma multinacional. Pedro dá aulas de filosofia no ensino médio. A mulher sempre que pode reclama das suas amizades, bando de desocupados.

- - -

O livro avança lentamente. Releio o que escrevi: "Há uma mulher. Me odeia, me ama. Nos mantemos nesse limbo das indecisões. Transformamos um ao outro num escudo. Temos medo. Não sabemos de quê. No final da vida nos entreolhamos melancólicos, resignados, nos abraçamos, o outro nos parece ao mesmo tempo familiar e distante, pensamos, o que aconteceu conosco?, em que momento, distraídos, nos tornamos outras pessoas?".

- - -

Fomos várias vezes juntos ao cinema durante aquele ano. Nunca falamos em namoro ou tentamos definir qualquer coisa. Quando alguém perguntava, eu dizia que era uma amiga. Eu dormia em sua casa de vez em quando. Nina nunca dormia na minha, naquela época eu ainda morava com meu pai e a nova mulher dele. Nossa relação era a pior possível, nem parecíamos pai e filho, no máximo dois estranhos, eu o evitava sempre que podia. Nina nunca fazia perguntas sobre a minha família.

- - -

Quando criança, moravam em frente ao mar. Nos fins de semana, seu pai a levava à praia. O sol escaldante de dezembro fazia os pés queimarem na areia, ela corria pela extensa faixa até o chão duro e frio da beira da água. Depois, alguns quilômetros caminhando, para esquentar o corpo, dizia o pai. Nina se distraía a cada dois passos, conchas, restos de algas, tatuís. Os tatuís eram arrastados para fora de seus esconderijos pelas ondas, às vezes pelas mãos de Nina, gostava das cócegas que faziam na palma da mão, alguns com seu interior exposto, a luta para retomar a posição inicial, era da natureza dos tatuís, desapareciam na areia deixando um rastro de quem apesar de submerso continua a respirar. Após a caminhada, vinha o momento de entrar no mar. Nadavam. Mais especificamente ela se agarrava no pescoço do pai e ele nadava até depois da arrebentação. Nina de vez em quando virava o pescoço e lhe vinha um frio na barriga ao ver a praia cada vez mais distante, os guarda-sóis transformando-se em pequenos pontos coloridos, as pessoas feito um mosaico em tons de bege e marrom. Agora nade você sozinha, ele ordenava, e começava lentamente a se afastar. Ela nadava em sua direção. Ele continuava se afastando, um afastamento constante e imperceptível. Ela não chegava nunca. Vamos, continue nadando, ele dizia. Nina tinha medo. Nina sabia e não sabia nadar. Às vezes ela chorava, engolia água. Seu pai então, vencido, dava algumas braçadas em sua direção, a segurava. Você tem que aprender a não se desesperar tão facilmente, ela se desespera ainda mais. Vou te explicar como funcionam as correntes marítimas.

- - -

O livro é sobre um lugar. Uma casa. E a descrição detalhada dos móveis da casa, suas janelas, corredores. É também sobre o tempo nesse lugar. Uma pequena engrenagem da memória.

- - -

Um dia, ao chegar ao apartamento de Nina, percebi que ela estava diferente, falava pausado, certa formalidade na escolha das palavras, fico muito feliz por você ter vindo, estava te esperando, e me indicou o sofá para que eu sentasse, posso te oferecer algo para beber?, como se não tivéssemos intimidade. Eu não respondi, apenas sentei no sofá, esperando que algo acontecesse. Ela pediu licença, foi até a estante do corredor. Voltou com uma caixa forrada de vermelho, e estendendo-a na minha direção, é para você. Eu fiquei com ela sobre as pernas, pesava, fiz menção de abri-la, mas Nina me deteve, não, não abra agora, é um presente. Espere até chegar em casa. Eu, acostumado a essas esquisitices de Nina, tentei não dar muita atenção, apenas agradeci, deixei a caixa no chão, ao lado do sofá. Nina estava estranha, repeliu as minhas investidas, parecia preocupada, nervosa. Passado algum tempo, me pediu que fosse embora, preciso ficar sozinha. Mas o que é que você tem, eu perguntei, Ela não respondeu, me deu um beijo na testa, se levantou, caminhou em direção à porta, não esquece a caixa, tá?

- - -

Fecho o arquivo, vou até a cozinha fazer um café. Há uma história, mas ao tentar contá-la sempre acabo contando outra, outro enredo, outro personagem. Tento me lembrar das coisas como realmente foram. O céu, a paisagem, era inverno e a neve cobria a copa das árvores formando estranhas esculturas, ou, o casal conversava animadamente na entrada do restaurante, ou, ela não se lembrava da última vez que estivera naquela parte da cidade. Há sempre algo que me escapa. Talvez esteja nessa vivência original o grande mal-entendido.

- - -

Dentro da caixa vários cadernos, logo descobri que eram diários, os diários de Nina. Dezessete no total. Pelas datas, cobriam os últimos cinco anos. Porém, fora os cadernos não havia nada, nem uma carta, um cartão-postal, nem ao menos um bilhete. Liguei imediatamente para Nina, o que significa isto?, ninguém atendeu. Continuei ligando, mesmo sem resposta. Depois de alguns dias fui até a sua casa. Quase esmurrei a porta de entrada. Só depois de cinco semanas é que recebi uma mensagem no celular, desculpa, dizia, mas tive que fazer uma viagem, não sei quando volto. Espero que você tenha gostado do presente.

- - -

E isso era tudo. Nina foi embora, eu nem mesmo sabia para onde e fiquei ali com aqueles diários. Senti um ódio enorme, como se atrevia? Demorei alguns meses para ler o primeiro. Digressões sem sentido, filosofias baratas, histórias de família. Não que houvesse ali alguma pretensão literária, para ela a literatura parecia tão distante quanto o tabuleiro de xadrez. De qualquer forma, Nina tinha dezessete cadernos completos. Prolixa. Por que decidira deixá-los comigo eu nunca consegui compreender. Talvez quisesse apenas livrar-se deles, ou mais provável, talvez esperasse que aqueles diários de alguma forma nos aproximassem. Mas não foi o que aconteceu. Ao contrário, eu costumava olhar com desconfiança para eles, me deixavam de mau humor, raramente lia algum trecho, e quando o fazia, me vinha a estranha sensação de que não era ela, não era aquela a sua história.

- - -

O livro é sobre uma mulher chamada Nina.

- - -

Luiza. Me detenho um bom tempo diante da biblioteca de Luiza. Você conhece esse autor, um húngaro?, estendo a ela uma folha de caderno com um nome impronunciável. Luiza diz que sim, levanta da cadeira, vai até uma das estantes, Luiza tem longos cabelos castanhos e um corpo esguio e delicado, de costas parece uma menina. Sua biblioteca se estende por toda a sala de estar, veio com ela quando casamos, eu penso, casei com uma mulher e com a biblioteca dessa mulher. Casei com as leituras dessa mulher. E com os livros que ela comprou e nunca leu. Luiza volta com um livro na mão, aqui o húngaro que você está procurando, depois me dá um beijo e volta para a mesa de jantar onde além do computador, acumulam-se uma série de teses de mestrado, doutorado, trabalhos de faculdade, cadernos, pequenos vasos de plantas, velas. Luiza espalha suas coisas por toda a casa, quadros, plantas, enfeites, pouco a pouco foi ocupando todos os espaços. Eu olho para ela, surpreso que isso não me incomode.

- - -

Sabe a Nina?, Pedro faz um gesto afirmativo. Pois é, foi um equívoco. Ele dá uma gargalhada.

- - -

A bisavó de Nina (mãe do pai de sua mãe) foi uma das primeiras mulheres no Chile a dirigir um carro. Filha de um médico militar e de uma dona de casa, ela sonhava entrar para a Escola de Belas-Artes. Dizem que tinha talento. O pai não podia nem ouvir falar nessa ideia, não permitiria que a filha estragasse a vida e manchasse a honra da família por causa de um capricho. Ela fez a prova de admissão mesmo contra a vontade do pai, foi aceita. Ele não se deixou impressionar, nem que ela ganhasse o prêmio de artista do século. Furiosa, ela destruiu pinturas, desenhos, tudo. Diante de tanta rebeldia, seu pai achou por bem casá-la o mais rápido possível. Entre os vários pretendentes, escolheu o que parecia mais sério, responsável, com o melhor futuro. Durante o jantar, deu-lhe a notícia, Leonor, sabe quem vem lhe pedir em casamento? Leonor, a bisavó de Nina, ao ouvir o nome do futuro marido, não pronunciou nem uma palavra. Mas tomou uma resolução: não importa o que ele falasse ou fizesse, ela o odiaria até o fim da vida.

Casaram-se e foram morar numa casa enorme num dos bairros mais elegantes de Santiago. E Leonor manteve-se fiel ao projeto de odiar o marido. Mal lhe dirigia a palavra. Ele saía cedo para trabalhar, ela continuava dormindo, acordava por volta de onze horas, a empregada levava o café na cama e só depois do café e de algumas leituras ocasionais, revistas femininas, caderno de cultura, dava início à minuciosa toalete. Jamais almoçava, e por volta das três horas da tarde saía para jogar cartas com as amigas. Só voltava pouco antes da hora do jantar. Às vezes nem isso. Nas poucas horas que passavam juntos, brigava com ele por qualquer coisa, Alberto, seu marido, o bisavô de Nina, jamais reclamou. Ele nunca respondia às provocações. Ela é excêntrica, ele explicava, num tom irônico e ao mesmo tempo de resignação. Todos diziam, é que ele a ama, loucamente. Ele concordava com um sorriso.

Até que um dia Alberto morreu. Já velho. Morreu de um ataque cardíaco, tudo muito rápido, internação, velório, enterro. Leonor ficou algumas semanas anestesiada, sem conseguir acreditar naquela morte, querendo ou não tinha passado a vida ao lado daquele homem, tivera filhos com ele. E já começava a sentir certa saudade, os costumes adquiridos ao longo de toda uma vida em comum. Foi quando fez a descoberta. Arrumando as coisas de Alberto, Leonor descobriu uma caixa que nunca tinha visto, de couro marrom, pesadíssima. A tampa presa com um cadeado. Ali, diante daquela caixa, a bisavó de Nina pela primeira vez na vida teve medo. Um medo real, palpável. Não a raiva, o ódio ou o desprezo a que estava acostumada, a impotência. Não, agora, pela primeira vez, apenas o medo, simples, puro, sem destino e sem explicação. Chamou a empregada, que viesse alguém e abrisse imediatamente aquela caixa, gritou. A empregada saiu correndo. E Leonor permaneceu imóvel. A caixa e tudo o que poderia significar. Quando a empregada chegou com o faz-tudo, Leonor mal conseguia falar, explicou através de gestos o que ele deveria fazer. O mundo inteiro naquela caixa. Quando ele e a empregada foram embora, as mãos de Leonor tremiam, fechou o quarto com chave, e finalmente viu o que havia ali dentro. Um manuscrito. Quinhentas páginas escritas à máquina, encadernadas com esmero. Abriu a primeira página, leu: *Paloma negra*, e logo abaixo, um romance. Começou a leitura. Seu corpo todo tremia.

Leonor sabia que o marido tinha veleidades artísticas. Na juventude, sonhara ser escritor, lembrou-se que uma vez ele comentara, ainda na lua de mel, estive pensando estes dias, eu poderia escrever um romance, um romance, você?, ela rira, como se fosse a coisa mais absurda do mundo. E por que não?, ele insistiu. Porque para escrever um romance é necessário ser escritor. E com essa frase o assunto foi encerrado. Até aquele dia. Agora, aquele manuscrito nas mãos. Abriu a primeira página e começou a ler. Logo nos primeiros parágrafos percebeu, tratava-se de um romance autobiográfico. Secou com um lenço o suor que lhe escorria pela testa, pelo pescoço.

O romance era sobre tudo. Mas principalmente sobre ela, foi o que lhe pareceu. Pior, contra ela. Uma vingança, só poderia ser. À medida que a leitura avançava, ela ia perdendo o chão, a altivez, até mesmo a compostura. Porque ela sabia, era tudo verdade o que ele escrevera ali, especialmente o que ela nem desconfiava, jamais lhe passara pela cabeça, nem em sonho nem em pesadelo que ele pudesse traí-la. Traição, chifres. Não só com sua melhor amiga, mas com quase todas as suas amigas, praticamente todas. Era um livro sobre as aventuras amorosas do marido, locais, hora de cada encontro, situações, tudo nos mínimos detalhes. Maldito, ela pensava. Se não estivesse morto, ela o mataria. Ah, com certeza, mil vezes o mataria. E isso era o que mais a desesperava, que não houvesse nada que ela pudesse fazer para se ver livre de toda aquela raiva, aquela fúria. Uma vingança impossível, abortada antes mesmo de existir.

Saiu do quarto gritando como louca, o manuscrito nas mãos. No quintal, tomada pela fúria, mandou que a empregada trouxesse fogo e uma bacia, e ali mesmo foi rasgando e queimando o manuscrito página por página. Os empregados assistiam a cena da janela da cozinha, sem coragem de se aproximar, imaginavam que ela tinha enlouquecido. Além das labaredas e da fumaça que se espalhava, ouviam-se os gritos, maldito, morra! morra! morra!

E assim terminou a carreira de escritor do bisavô de Nina, tendo *Paloma negra* um único leitor. Depois do ocorrido, Leonor recusou-se a falar do assunto. Fechou-se em casa, e por muito tempo não quis ver ninguém. Os anos se passaram e nunca se recuperou de todo, e quando lhe perguntavam sobre Alberto, ela dizia, meu marido, um homem muito bom, impecável. E após uma série de loas ao caráter e elegância do falecido, ela completava, como é difícil, como é difícil viver sem ele. E quem via aquela senhora, infinitamente triste, suspirando, pensava, ah, então isso deve ser o amor.

- - -

Passaram-se catorze anos sem que eu soubesse nada de Nina, até que um dia, recebo uma mensagem: chego amanhã, quero te ver.

- - -

Há uma mulher. Luiza. Casamos. Foi assim, um dia acordei, fiz o café, olhei para aquela mulher sentada à mesa, eu disse, e se a gente casasse, ela sorriu, foi até onde eu estava, me abraçou e casamos, pronto. Casar é muito simples, difícil mesmo é o longo e incansável processo que vem depois. A separação. A separação exige um inquieto e persistente ensaio. A separação é sempre uma derrota. Muda apenas o ritmo, a contradança. Mas estamos no início dessa história, ainda percorreremos mais ou menos felizes, mais ou menos perplexos, mais ou menos alheios, a estranha e inevitável trajetória do casamento.

- - -

Ligo para Pedro, caixa postal, deixo recado: o que você acha do nome Ilona?

- - -

Conheci Luiza enquanto esperava para ser atendido num cartório, nem me lembro mais o que era, autenticação de assinatura, algo assim, o lugar mais improvável para se conhecer alguém. Mas ela estava lá, com seus olhos amendoados, o cabelo preso num coque. Imediatamente pensei, é a mulher mais bonita que já vi. Fui até ela, disse qualquer coisa espirituosa sobre salas de espera, ou sobre cartórios, qualquer coisa que a fizesse sorrir, queria te convidar para dar uma volta. Uma volta?, ela me olhou surpresa, uma volta por onde?, por qualquer lugar, longe daqui. Mas agora?, sim, agora, por que não? Estranhamente ela aceitou.

Esperei que a atendessem, depois fomos até a praia, a uma dessas barraquinhas da praia, ela pediu uma água de coco, conversamos. Passamos a tarde inteira conversando, os dois alheios ao dia que terminava. Saímos de lá já havia anoitecido. Eu disse, já anoiteceu, Luiza, nem percebemos. Ela sorriu, disse, que dia mais louco o nosso.

- - -

Por muito tempo não tive notícia alguma de Nina, cheguei a procurar por ela, mas nunca encontrei nada, nenhum vestígio, como se ela tivesse se mudado para outro planeta, como se ela nunca tivesse existido. Às vezes me vinha uma tristeza difusa e uma sincera nostalgia dos nossos encontros, tardes passadas em sua cama, risos, idas ao cinema, entusiasmadas conversas sobre qualquer coisa. E o sotaque de Nina. O ritmo que ela dava às frases. Um dia, caminhando pelo centro da cidade, tive a impressão de tê-la visto, Nina. Fui atrás, chamei o seu nome, corri, esbarrando nas pessoas, mas ela, ou alguém que parecia ser ela, entrou no caos do metrô e eu a perdi de vista. Voltei para casa pensando que certamente me enganara e esqueci o assunto. Alguns dias depois, porém, recebi uma mensagem marcando um café no centro da cidade, chego amanhã, quero te ver, catorze anos desde o nosso último encontro. A caixa com os diários. Nina escrevia como se todo aquele tempo não tivesse existido.

- - -

História paralela. Joana trabalhava como vendedora numa loja de bijuterias. Dividia o apartamento com mais duas amigas, e sempre que sobrava algum dinheiro ia visitar a mãe que morava no interior do estado. Um dia conheceu um italiano pela internet, se apaixonou e foi morar com ele em Florença. O italiano tinha quarenta e seis anos e nunca havia se casado, Joana tinha vinte e cinco e já estivera casada uma vez. Joana era uma mulher exuberante. O italiano, Guido, era um homem cheio de medos. Tinha medo de sair de casa, medo de assaltos, e de ser atropelado ou de ser atingido por um raio ou por uma bala perdida, mas também tinha medo de ficar em casa, medo de levar um choque na tomada e morrer eletrocutado, e medo de morrer por envenenamento, e medo dos fungos e bactérias e ratos e ratazanas, e medo até mesmo de escorregar no assoalho. Tinha medo de doenças, as mais variadas, doenças tropicais, mas também doenças de climas temperados, e tumores, tinha muito medo de tumores, malignos, benignos, possíveis, e ainda não existentes. Medo de resfriados, gripes, e de sofrer um derrame e ficar paraplégico. Claro que tinha muito medo de viajar, e de andar a pé e de andar de carro e de andar de avião. Medo também de pegar um táxi ou um ônibus e até de andar de patinete. Antes de conhecer Joana, Guido morava com a mãe (apesar do medo de morar com a mãe), pois tinha medo de não mais morar com a mãe, e tinha medo de morar sozinho e tinha medo de morar com outra pessoa. Os medos de Guido eram tantos e tão variados que ele passava mais tempo tentando evitá-los, sem sucesso algum, do que fazendo qualquer outra coisa. Fora aposentado por invalidez, o que lhe deixava ainda mais tempo para dedicar-se às suas preocupações. Mas então, quando menos esperava, surgiu Joana. Se conheceram pela internet, e sem nunca ter visto mais do que algumas fotos, Guido se apaixonou. E a paixão provocou algo que Guido jamais imaginara, ao menos momentaneamente, os medos desapareceram. Porque o amor deve ser isso. E Guido passeou pelas ruas de Florença, e comprou roupas novas, e chegou inclusive a ir ao cinema e a jantar fora de casa. Considerando o aparente milagre, Guido não pensou duas vezes, e após a troca de e-mails, que ele escrevia com a ajuda de um programa de tradução automática, pediu Joana em casamento, e ela, que achava aquelas mensagens um pouco confusas, mas nesse caso soube muito bem do que se tratava, aceitou. Ele comprou uma passagem, e ao buscá-la no aeroporto achou-a muito, mas muito mais bonita pessoalmente. Joana parecia não ter dúvidas, ele pensou. Casaram-se e foram morar numa pequena casa que ele alugara, tiveram duas filhas, Giulia e Sofia. Tudo parecia perfeito, até que alguns meses depois do nascimento de Sofia, os medos de Guido voltaram. Piores até. Mas Joana não se importou, cuidava dele sem levá-lo muito a sério. E achava que, apesar de tudo, ele não era um mau marido.

Quando tinha tempo ela escrevia longas cartas para a mãe, numa mistura de português e italiano, enumerava as virtudes do marido. A mãe dizia para as amigas, Joana está muito bem na Itália, tem duas filhas, muito bonitas as meninas, veja aqui as fotos. Até que um dia veio a notícia: Guido se suicidara. Muito deprimido, chegou a internar-se numa clínica, mas não houve jeito. A mãe de Joana nunca soube muita coisa acerca do suicídio. Apenas que a filha se mudara para outra cidade, uma cidadezinha menor, mas perto de Florença. Depois as notícias foram escasseando, até que nunca mais se soube dela.

- - -

Eu estava nervoso aquele dia, o dia do nosso reencontro. Entrei no restaurante e vi uma mulher sentada sozinha numa mesa, era Nina, pensei, fui até lá, as lembranças se atropelavam, o que diria ao cumprimentá-la, oi, tudo bem?, ou oi, quanto tempo, ou qualquer coisa assim, mas ao chegar mais perto, bem perto da mesa percebi que não era ela, nem ao menos se pareciam, eu olhava surpreso para a desconhecida e pensava na frequência com que isso vinha me acontecendo, enganar-me com rostos que de alguma forma lembravam, mas nunca eram o de Nina. Ainda pensava nesses equívocos quando alguém coloca a mão no meu ombro, como vai o rapaz do caderninho? Reconheço a voz, o sotaque, fico ali, por alguns segundos imóvel, a mão de Nina sobre meu ombro, penso, poderíamos permanecer ali para sempre em meio àquele gesto, àquela vontade. O passado que reaparece sem que eu precise ver seu rosto.

- - -

São cinco e meia da manhã. Escrevo: Gosto desse horário, quando o mundo ainda não acabou de começar. Gosto desses momentos intermediários, alvoradas, crepúsculos. Nos trópicos eles são rápidos, quase instantâneos, é necessário estar atento, qualquer distração e o mistério desapareceu, não está mais lá. Em zonas temperadas, nos verões, o dia que não acaba nunca, e vai se estendendo, misturando-se pouco a pouco à noite, feito uma aquarela. Às vezes, quase no escuro, caminhamos acompanhados por luzes que não sabemos e de uma incipiente lua cheia, ou raios de sol, agarrados ao dia que não vai embora.

- - -

O casamento dos avós de Nina durou três anos, os avós maternos. Ele, que já muito novo era afeito à vida boêmia e às corridas de cavalo, obviamente não mudou. Voltava tarde da noite, quase sempre alcoolizado, desmaiava em cima da cama ou no sofá e não havia quem conseguisse fazê-lo ir trabalhar na manhã seguinte. E assim ele perdia, um após outro, os diversos empregos que seus pais lhe conseguiam. A avó de Nina, com duas crianças pequenas e sem saber o que fazer, chorava. É que seu avô, além de irresponsável, era dado a correr atrás de todo rabo de saia que aparecia. E com pouco tempo de casado já tinha uma amante. Era uma mulher do sul do Chile, ele a conhecera durante uma viagem que fizera a Puerto Mont, ela, apaixonada e grávida de um filho dele, foi procurá-lo em Santiago.

O avô de Nina ia de tempos em tempos, praticamente toda semana, pedir dinheiro emprestado à mãe, Leonor, que nessa altura já ficara viúva e passava os dias na cama, sem nunca ter se recuperado do choque que fora *Paloma negra*, o manuscrito deixado pelo marido. Com ódio das amigas, segundo ela, segundo Nina, todas umas rameiras, traidoras, não queria ver mais ninguém. Mas seu filho ia visitá-la. Mãe, vim pedir a sua bênção. Bênção, meu filho. Como vai a senhora? Mais ou menos, estou aqui com meus achaques esperando Deus me chamar para junto de si. Ah, mas isso ainda vai demorar muito, a senhora está ótima. Não, meu filho, não se deixe enganar pelas aparências, eu estou muito mal, sinto que o Senhor me chama, não vai demorar muito para que minha alma encontre sua morada final. Que é isso, mãe, não fale uma coisa dessas nem de brincadeira. Mas falando em morada, preciso que você me empreste um dinheiro para pagar o aluguel, é só este mês, devolvo daqui a dois, três dias. Leonor reluta por alguns instantes, mas logo cede. Está bem, meu filho, vá até o meu armário e pegue a minha caixa de joias. O avô de Nina vai até lá, não é a primeira vez que ele leva aquela caixa até a mãe, ela a abre com a chave que guarda junto a si, tira algumas notas. Prometa que não vai gastar com bebidas, é para o aluguel, lembre-se que você não é mais um garoto, tem mulher e duas filhas pequenas. Claro, não se preocupe. Ele pega o dinheiro, guarda-o no bolso da calça e despede-se com um beijo na testa da mãe. Quando fecha a porta do quarto, ela suspira e pensa, pobre rapaz, não teve sorte na vida. Meu Deus, o que será dele quando eu morrer?

O avô de Nina, ao sair da casa da mãe, pensava, o dinheiro, se o usasse para pagar o aluguel, certamente se perderia, e não solucionaria nada, já que no mês seguinte haveria a necessidade de mais, e depois mais e mais. O correto era fazer com que aquele dinheiro se multiplicasse, rendesse, devolveria a quantia emprestada à mãe, pagaria o aluguel e ainda sobraria o suficiente para gastar com as coisas importantes da vida. Com essa ideia em mente, foi direto para as corridas de cavalo. Além disso, ele tinha uma intuição, acordara pensando na cozinha de azulejos preto e branco, malhado, era um sinal, e se aprendera uma coisa na vida é que não se devem ignorar os sinais.

E assim se passavam as semanas, os meses. Algumas vezes ele ganhava, e realmente devolvia o dinheiro que pegara emprestado, trazia um presente para a mãe, um lenço, uma caixa de chocolates. Para as mulheres (a oficial, a amante e todas as outras que estivessem por perto) comprava um colar para cada uma, de cores diferentes, claro, dizia Nina. E balas para as crianças. O problema, porém, é que na maioria das vezes perdia.

E sua avó vivia assim: duas filhas, um marido desempregado e tendo que sustentar sozinha uma casa. Voltou a trabalhar como costureira, o que pagava as contas básicas, mas não deixava folga para mais nada. Quando tinha, dava dinheiro ao marido, que a abraçava, dizia que ela era a melhor mulher do mundo para logo em seguida desaparecer por vários dias e voltar bêbado e sem um tostão. Mas a avó de Nina não teria jamais se separado dele por causa disso. A separação ocorreu por outros motivos. Um dia, ela estava sozinha em casa trabalhando na sua máquina de costura, apenas a filha mais nova (mãe de Nina) dormindo no berço, quando tocaram a campainha. Era uma mulher jovem, muito jovem. Trazia um bebê no colo. A mulher, com voz muito baixa, apresentou-se. Estava ali porque queria falar com a mulher de Eliseo. Sua avó disse que era ela mesma, e imóvel, sem largar a maçaneta da porta, intuindo que algo muito ruim se aproximava.

Então, com o mesmo ímpeto que a fizera abandonar a família para casar-se com o homem que conhecera num ônibus, naquela mesma tarde, ela pegou as duas filhas, alguns poucos pertences pessoais e foi embora. Alugou um pequeno quarto próximo à loja para a qual costurava e nunca mais voltou a morar com o ex-marido. Criou duas filhas sozinha. Nunca mais teve ninguém. Às vezes Nina a observava, já bem velha, arrumando-se em frente ao espelho, o pó de arroz na pele muito branca, um batom vermelho-escuro, um colar de pérolas que receberia de herança anos depois, Nina pensava, é, talvez ela ainda o amasse.

- - -

História paralela. Considerado marido e pai exemplar, homem sai para trabalhar e não volta mais. Deixa para a mulher um bilhete com o número e a senha de uma conta de banco no exterior e a palavra desculpe. Anos depois ela o reconheceu na televisão, numa reportagem de rua, ele passava distraído por trás da apresentadora. Estava mais magro.

- - -

O rosto de Nina havia mudado, marcas de expressão no canto dos lábios, algumas rugas, a pele que começava a perder o frescor, apesar disso, mantinha o mesmo jeito, o mesmo olhar inquisitivo. Nos cumprimentamos, Nina me abraçou, parecia alegre com nosso reencontro, eu fiquei imóvel, sem saber como agir, sentindo a estranheza e a intimidade daquele contato. Ficamos alguns instantes naquela posição, duas figuras de gesso. Depois ela deu um passo para trás, disse, deixe-me olhar para você, meu Deus, você não mudou nada, que injustiça, ela me olhava como se examinasse um quadro, ou uma foto antiga.

- - -

Conversamos longamente. Catorze anos, eu disse, desde que você sumiu sem dar nenhuma explicação e me deixando aqueles diários. Nina riu, não acho graça, eu continuei, por muito tempo tive raiva de você, me pareceu uma desfaçatez aquilo, um desaforo, afinal, de onde você tirou que eu teria interesse em ler os teus garranchos, tuas histórias sem pé nem cabeça, quem te dera o direito? Nina parece surpresa com minhas palavras, nelas um rancor que nem eu mesmo esperava. E quem te dá o direito de aparecer novamente agora, catorze anos depois, assim, como se nada tivesse acontecido? Nina não diz nada, me olha com um misto de mágoa e decepção. Eu continuo, quem te deu o direito? Não era esse o encontro imaginado, penso, nem por mim nem por ela. O garçom nos traz o cardápio.

- - -

Por duas vezes o avô de Nina foi desenganado pelos médicos. Na primeira, tinha vinte e nove anos, deram-lhe três meses de vida. Segundo suas próprias palavras, explicou Nina, foi salvo por Jesus, que lhe apareceu e o curou com a promessa de que largasse a vida de bandalheiras e seguisse o caminho de Deus. Na segunda vez, tinha por volta de cinquenta anos, os médicos diagnosticaram doença desconhecida. Seis meses no máximo. Consultou os maiores especialistas do país. Diante da falta de resultados, foi tratar-se nos Estados Unidos, onde morava o filho mais novo, e segundo ele, encontrava-se a mais avançada medicina. Fizeram uma série interminável de exames, e após longas reuniões da junta médica concluíram: doença desconhecida incurável. Sem maiores delongas, aconselharam-no a voltar para o seu país e morrer em paz. O avô de Nina, inconformado com o veredicto, resolveu jogar sua última cartada.

Desde que se tornara reverendo e assumira a direção da Igreja Presbiteriana Fundamentalista, seu avô, em sua vida de missionário, percorrera quase todo o globo. Da Patagônia ao rio Ganges, do Atacama ao extremo norte da Sibéria, era necessário levar aos pecadores a palavra de Deus. Numa dessas viagens, passara quatro meses com uma tribo indígena na Amazônia, dessas que raramente têm contato com a civilização. Ali, apesar dos seus esforços, não conseguira incutir nos índios a palavra divina, por tratar-se, infelizmente, de criaturas pouco afeitas às maravilhas da salvação, mas em contrapartida fizera bons amigos, especialmente o pajé, homem prático, porém de ideias pouco convencionais. O pajé explicava, os médicos de vocês não sabem de nada, acham que as doenças se curam com vacinas, pílulas. Bobagem. Doenças são os espíritos de nossos antepassados que se recusam a separar-se de nós. Qualquer criança sabe disso. Não porque nos amem, mas porque imaginam que se mantendo junto a nós poderão usufruir de certas regalias, do corpo que eles não têm mais, do que chamamos energia vital, e não só isso, esperam de alguma forma continuar tendo influência nas decisões do mundo, influência política mesmo, e quanto mais influentes eram em vida, pior. Não há políticos piores do que os mortos. Amorais, são capazes de tudo. É preciso convencê-los a partir, o que não é nada fácil, exige astúcia e vontade férrea, autoridade natural, e, claro, algum conhecimento de botânica e astronomia. Eu, por exemplo, já curei as mais variadas doenças, de viroses desconhecidas a tumores do tamanho de um maracujá, disse o pajé. Na época, o avô de Nina não deu muita atenção, crendices, pensava, mas agora, levando em conta a situação delicada, resolvera que se já tentara de tudo, e se até então Jesus se recusara a aparecer, o jeito era apelar para outros canais. Pegou o primeiro avião até Lima e de lá um voo para Manaus. Depois um longo trajeto de barco e canoa até o lugar onde encontraria o pajé.

O que exatamente aconteceu por lá, ninguém sabe, ele sempre se recusou a falar no assunto, mas fato é que após um mês desaparecido no meio dos índios, sem que nem ele mesmo soubesse como, voltou completamente curado. Os médicos não acreditavam, um verdadeiro milagre diziam alguns, ao que o avô respondia com ceticismo, não, milagre é só Deus quem faz, isso foi mais um golpe de sorte, talvez os ares da floresta tenham me feito bem, o clima tropical. Nos Estados Unidos, o médico que o havia examinado (e expedido a sentença de morte) se limitou a dizer, não sei como isso foi possível, não há explicação, não há. Aparentemente o médico americano ficou mesmo muito impressionado, segundo dizem, um dia o avô comentou que ele, pobre homem, assombrado pelos mais terríveis demônios, largara a medicina, fundando a seita chamada O Terceiro Olho de Dioniso, e agora se dedicava às mais inconcebíveis práticas de curandeirismo esotérico. Quanto ao avô, difícil saber o que pensava realmente, disse Nina, porém, seja lá o que for, com certeza nada que perturbasse a sua fé, que continuou inabalável até o fim da vida. Continuou pregando a palavra de Deus e morreu aos noventa e sete anos, de morte natural.

- - -

Do autor que você queria eu não tenho mais nada, mas tenho este aqui, serve?, Luiza me estende o livro que acabara de buscar na estante. Um húngaro. Outro húngaro. Todos os húngaros são iguais e incompreensíveis, eu penso. Sim, serve, digo. Abro na primeira página, leio: Há uma mulher. Sente por mim o que eu sinto por ela, me odeia, me ama. Quando ela me odeia eu a amo, quando ela me ama, eu a odeio. Não existe outra possibilidade. Fecho o livro. Olho para Luiza com carinho. Luiza é uma mulher concreta, de gostos e rotinas definidas, dá aulas de literatura na universidade, faz compras no supermercado, cozinha, resolve os problemas com a empregada, planeja nossas viagens de férias. Luiza existe em todas as pequenas minúcias do cotidiano. Deveríamos comprar uma mesa maior, ela diz. Com oito lugares. Oito lugares, mas para quê?, nunca temos tanta gente em casa. Sim, mas poderíamos ter, ela responde.

- - -

Pedro acomoda-se em sua sala de estar com vista para a Lagoa, coloca o manuscrito sobre a mesa, abre a primeira página. Pedro é um péssimo personagem.

- - -

Aos dezenove anos, Nina conheceu o homem com quem mais tarde se casaria. Foi um namoro difícil. Brigas, incessantes reclamações. Ele era retraído, extremamente ciumento, às vezes colérico, desses que amam em pequenas doses, que amam por correspondência, sempre exigindo do outro uma entrega da qual ele mesmo não é capaz. Desconfiava de Nina, onde ela estivera, com quem saíra? Desconfiava das respostas de Nina. Dava a impressão de estar numa batalha constante, talvez nem ele mesmo soubesse contra que inimigo. Nina poderia ter escolhido qualquer outro homem, caso fosse possível essa escolha. Nina poderia qualquer coisa, mas ficava ali, ao seu lado, amando e odiando ao seu lado. Um dia, ele foi transferido para a Inglaterra, ela foi junto. Largou família, amigos, faculdade. Pouco antes da viagem, casaram. Uma festa para poucas pessoas. Foi um casamento atípico, nenhum dos dois parecia muito feliz, especialmente ela. Não tiveram lua de mel, bobagem, dizia ele, e já bastavam todos os problemas da mudança, depois, bem instalados, viajariam para onde quisessem. Mudaram-se. O apartamento pago e escolhido pela firma ficava numa pequena cidade da qual ela nunca ouvira falar. Às dez da noite já não havia mais ninguém na rua, as pessoas, o idioma e até a própria rua lhe pareciam indecifráveis. O apartamento era grande, porém escuro e triste. Mobiliado, é mais prático dissera o marido, móveis antigos, tão escuros quanto todo o resto, mas ela daria um jeito, pensou, flores, enfeites, música, e assim que fosse possível, se mudariam para um apartamento melhor, com vista para o parque, ou para um jardim. Talvez até mesmo numa grande cidade. Londres, talvez. Mas isso nunca aconteceu.

- - -

Seis anos depois, Nina estava em estado grave no hospital. Não quis entrar em detalhes, apenas que, após seis anos de casamento, ela havia pulado pela janela. Pulara do segundo andar. Estranho, pensei, ninguém se suicida pulando do segundo andar. Ela ficou quase um mês hospitalizada, passou por duas operações na coluna, teve muito medo de ficar inválida. Quando finalmente teve alta, recusou-se a voltar para o marido. Nunca mais quis vê-lo, nunca mais lhe dirigiu a palavra. E, ao se ver confrontada com a inevitável pergunta, por que você fez aquilo? dizia, eu tinha que ir embora, ela disse, mas ele trancou a porta, colocou-se diante dela feito um muro, ou feito um guardião, aonde você pensa que vai? ela pensou, tenho que ir embora, tenho que ir, e era uma necessidade inadiável, então sem pensar duas vezes pegou a bolsa e foi embora. Como assim, você pegou a bolsa, eu quis saber, o detalhe da bolsa me parecia ainda mais insólito. Ela me olhou com pena, como se dissesse, incrível que você não seja capaz de entender as coisas mais óbvias, ela disse, eu não queria me matar, você entende?, nunca me passou pela cabeça, eu só queria sair, ir embora daquela casa, daquela vida, mas como eu ia sair na rua assim, sem bolsa, sem nada?

- - -

O livro avança. Sempre muito lentamente. Penso no corpo de Nina estendido na calçada. A bolsa junto ao corpo. Ela diz, quando criança, morávamos no décimo primeiro andar, um dia, eu, num ataque de fúria, joguei uma das minhas bonecas pela janela. Foi algo muito fácil, simplesmente o impulso e a boneca que não estava mais lá. Fiquei alguns minutos ofegante, em suspenso, o momento logo depois do crime. Porém, rapidamente me arrependi. Saí correndo, peguei o elevador. Os números dos andares se iluminavam lentamente, o tempo que não passava, eu sem saber o que fazer com a minha inquietude dava pequenos passos em círculo pelo elevador, feito bicho enjaulado. Ao chegar lá embaixo, assim que a porta se abriu eu saí correndo, desci a escada que levava ao canteiro de flores em frente ao prédio. Lá estava ela. A cabeça havia se desprendido, mas não totalmente, restava ainda um fiapo de plástico que a mantinha presa ao corpo. Olhei para a boneca, peguei-a com terror e cuidado, como se visse nela o meu próprio corpo, apesar de que naquele instante era um pensamento ainda sem palavras.

- - -

Nina diz, não é possível falar do outro sem falar de si mesmo. A boneca sou e não sou eu. Tenho e não tenho um corpo. Às vezes ele me surpreende, noutras insiste em antigas repetições. Meu corpo se revela onde terminam as minhas frases, uma interrogação, um ponto final, até mesmo reticências, basta um pequeno silêncio e ele perde seus contornos, restando apenas essa massa moldável, o movimento. Células, tecidos, órgãos que não chegam a se formar. Não é fácil ter um corpo, não é algo necessariamente natural, para isso é preciso coragem. Faço alguns ensaios. Abro um pote de creme, passo pelas pernas, coxas, braços, o creme promete manter a pele brilhante e elástica. Uma pele que não se desfaça, que mantenha órgãos e vísceras ordenados aquele espaço vazio, ou que ao menos dê limites a esse espaço. O corpo é uma rede que nos envolve. Nina.

- - -

Volto a sentar diante do computador. Abro o arquivo. Escrevo: Nina quebrou a coluna em três lugares. Nina não se sustenta em si mesma, precisa de ossos, uma estrutura que lhe dê concretude. Sem essa estrutura ela é apenas o espaço vazio, essa constante incerteza. Escrevo. Escrevo para Nina uma medula, escrevo também um fígado, e um estômago. Escrevo vísceras, sim, muitas vísceras. A barriga estufa. Escrevo vértebras e toda uma nova coluna. Dou também atenção aos espaços, escrevo uma vagina, escrevo um útero e um colo do útero, escrevo ovários, trompas, uma placenta, e escrevo também um filho que ainda não existe nesse útero de Nina. No início um embrião, depois um feto, escrevo um feto ínfimo e perfeito. E um cordão que o ligue ao mundo. Escrevo a falta para que nada falte, e quando termino o interior do corpo de Nina, e as possibilidades do corpo de Nina, delineio suas extremidades, pouco a pouco mãos, pés, dedos, orelhas, os bicos dos seios. Os mínimos detalhes. Até que o corpo esteja pronto. E quando isso finalmente acontece, uma história que o justifique. Uma origem, um passado. A vida dentro e fora do corpo. Um dia, o corpo nasceu de dentro de outro corpo, filho de genes e células de outro corpo, e trouxe consigo a herança de outras histórias. Escrevo agora uma história para toda uma linhagem de Nina, toda uma família, a história do pai e do pai deste pai e do pai deste pai. Escrevo também os nascimentos, e as mortes. As datas, o local. Escrevo tudo. Insistente. Escrevo agora um idioma, e a sintaxe e a sonoridade desse idioma, e escrevo também um país, escrevo uma história para este país, os primeiros ruídos, seus mais remotos habitantes. E escrevo o momento anterior, quando havia apenas terra e plantas, e até mesmo antes quando apenas terra e águas, e mesmo antes quando nem terra nem água, apenas matéria que se inicia. Escrevo essa matéria e a história dessa matéria. E o que havia antes dela quando não havia nada. Escrevo o nada. Cubro-o delicadamente com uma rede, as palavras incessantes à sua volta. Depois penso, com tristeza, mas também com certo alívio, o corpo de Nina é apenas o corpo de Nina.

- - -

Os avós de Nina vinham ao Brasil todos os anos em janeiro. As visitas eram breves, no máximo dez dias, duas semanas, mas mudavam totalmente o ritmo familiar. Era quando o mundo que seu pai tão cuidadosamente construía através do xadrez e das enciclopédias se deparava com um inimigo à altura. Os avós, conhecendo o filho que tinham, aproveitavam essas visitas para, da forma mais eficiente possível, desfazer todo o dano que ele pudesse estar infligindo à educação religiosa dos netos. Se o filho era um pecador, isso não significava que as pobres crianças teriam que ir pelo mesmo caminho. Então, ao chegar para a visita anual, vinham munidos das mais diversas armas: brincadeiras educativas, canções evangélicas, rezas, e, claro, a Bíblia. O que no caso não era qualquer bíblia, e em nada lembrava o volume pesadíssimo em letras miúdas que viera de brinde com as enciclopédias *Mirador*. Era uma bíblia ilustrada para crianças, Jesus aparecia para os apóstolos em belos desenhos coloridos e a auréola brilhava dourada sobre suas cabeças à mesa de jantar. Tendo que competir com apetrechos tão eficientes, seu pai não tinha a menor chance, dizia Nina. Sem culpa, ela sucumbia diante das ilustrações e histórias que a avó apresentava. Este é Jesus, querida, o filho de Deus. A sua misericórdia é infinita e aconteça o que acontecer sempre perdoará nossos pecados, dizia a avó. A questão dos pecados lhe interessava especialmente, segundo a avó, éramos todos pecadores, até eu?, Nina perguntava, sim, ela respondia sem pestanejar, Nina insistia, até ele?, e apontava para o irmão mais novo recém-nascido, sim, até ele. Mas as conversas não se limitavam a Jesus, havia também o outro lado, aquele que nas sombras da noite os espreitava. Segundo a avó, um anjo que se rebelara contra Deus e por isso fora condenado ao exílio por toda a eternidade. Mas como é o inferno, Nina perguntava, a avó sempre com muita paciência lhe dava descrições bastante específicas, cinematográficas até, bom, o inferno é um lugar terrível, onde as pessoas que foram más em vida passam a eternidade submetidas às mais dolorosas torturas. Nina abria dois olhos enormes, ela, vendo seu espanto continuava, nesse reino subterrâneo tudo é fogo, um cheiro terrível de enxofre, e todos queimam e se contorcem sem descanso, ouvem-se gritos de dor e desespero, as coisas mais assustadoras que você pode imaginar. O cenário pintado pela avó tinha um poder de persuasão muito mais eficiente que as enciclopédias do pai, e nem todos os jogos de xadrez do mundo seriam capazes de vencer o pavor que aquelas imagens lhe infundiam.

Mãe, a senhora está assustando a menina, dizia o pai de Nina, tentando dar à frase um tom casual, quando na verdade pensava, mãe, você é louca e está ensinando uma série de disparates à minha filha, prometo que se ela se transformar numa beata ensandecida, eu nunca a perdoarei, pegue essa porcaria de bíblia e ponha-se daqui para fora. Obviamente ele jamais disse nada disso, comentou Nina, ao contrário, tentava adaptar-se às idiossincrasias dos pais durante as semanas em que eles vinham visitá-los, o que incluía não consumir bebida alcoólica (o que se resolvia com algumas doses de vodca no copo de refrigerante), e rezar antes de comer (o pai de Nina não rezava de verdade, mas baixava os olhos num gesto compenetrado e movimentava os lábios enquanto o avô, responsável pelos salmos culinários, proferia uma série interminável de agradecimentos pela comida disposta sobre a mesa).

- - -

Nina morou catorze anos fora. No início, numa cidadezinha. Após separar-se do marido, mudou-se para Londres, entrou para a universidade, onde alguns anos depois se formou em História. Formada, conseguiu um emprego de professora no ensino médio e ali ficou, até voltar ao Brasil. Quando voltou, decidiu me procurar. Por quê?, eu perguntei, logo na nossa primeira conversa, por que esse interesse agora, depois de todos esses anos. É que havia algo sobre mim que você sabia, algo que eu precisava recuperar. Você se refere aos diários, eu perguntei, ela sorriu. Se você se refere aos diários, esqueça.

- - -

História paralela. Ilona era filha de húngaros, falava fluentemente cinco idiomas, e aprendera a tocar piano muito nova. Jovem, bonita e estudiosa, entrara para o conservatório, e todos diziam, tinha um futuro brilhante. Um dia se apaixonou por um argentino. Amor à primeira vista. Ele viera a trabalho, um congresso. Depois de uma semana voltou para Buenos Aires. Ilona foi atrás dele. Largou tudo, estudos, piano, o futuro brilhante. Ele era casado. A família ficou furiosa, um meliante, quase um corruptor de menores, dizia a mãe. Ilona não se importou, alugou um pequeno apartamento em Buenos Aires, no mesmo bairro onde ele morava. Encontravam-se à tarde, na hora do almoço. O resto do dia, ela passava sozinha, os fins de semana. Passeava pela cidade, ia ao cinema, frequentava as livrarias, cafés perto de casa. Sempre no fim da tarde, depois que o argentino ia embora. No café, fazia anotações em seu diário. Às vezes sentia falta do piano.

As semanas se passaram e Ilona não voltou. Fazia traduções para pagar o aluguel. Ela e o argentino encontrando-se todas as tardes, das duas às quatro. Todos os dias. Menos fins de semana. Fins de semana ela estava sozinha. Um dia Ilona chegou em casa e seus pais a esperavam no corredor, viemos buscá-la, disseram. Ela abriu a porta, convidou-os a entrar, serviu-lhes chá e alfajores. No dia seguinte, os pais voltaram sozinhos para o Brasil. Desistiram. O verão acabou, veio o outono, e já começava novamente o inverno quando algo inesperado aconteceu. O argentino chegou à casa de Ilona e disse, vim, desta vez por mais tempo. E Ilona sorriu. E ele ficou. Tiveram três filhos. Ela comprou um piano, para os momentos de folga. O argentino continuou tendo amantes porque ter amantes era parte de sua identidade. Ilona às vezes anotava num caderno qualquer uma ou outra melodia que depois tocava ao piano. Em tardes de sol gostava de levar os filhos ao parque. Nunca se separou do argentino. Então isso é o amor, ela pensava.

- - -

O pai de Nina tinha uns dezoito anos, conheciam-se desde criança. Ela era filha de um pastor argentino, de Mendoza, e costumavam passar as férias juntos, as duas famílias. Chamava-se Yolanda, e era uma moça não muito alta, não muito magra, de longos cabelos escuros e cacheados. Seu pai se apaixonara à primeira vista, no início ainda não sabia dar nome àquele sentimento, apenas a vontade de estar junto, e um olhar que a acompanhava sempre que ela ia embora. Um dia, aproximou-se dela e disse, como numa brincadeira, como se perguntasse qualquer outra coisa: você casaria comigo? Ele fez um esforço enorme para que sua voz não denunciasse o nervosismo, e se ela fosse embora sem responder, ou se lhe desse um tapa, ou pior, se simplesmente dissesse não. Mas ela disse sim. Sorriu, encarou-o e disse sim, sim, sim, repetiu algumas vezes naquela mesma tarde. Ele mal conseguia acreditar, tanto esperara aquela resposta e agora, não sabia o que fazer com ela, com todos os sentimentos provocados por aquele sim. Saiu correndo, como se o cansaço do corpo pudesse ajudá-lo a suportar, e ele pensava, então o amor é isso.

Iniciaram um namoro à distância. Ela em Mendoza com os pais, ele em Chillán, terminaria o colégio naquele mesmo ano e no seguinte, o esperava a faculdade de engenharia em Valparaíso. Em cinco anos, quando se formasse, casariam. Escreviam-se toda semana, às vezes, quando tinha dinheiro, ele pegava um ônibus e ia visitá-la. A família dela fazia gosto, um bom rapaz, temente a Deus, e filho do reverendo. E tudo ia às mil maravilhas, até que no primeiro ano da faculdade aconteceu o que aconteceu. O ambiente universitário, colegas, professores, chocava-se a todo instante com o mundo que deixara para trás, a família. Diz a avó, foi ali que afastaram seu filho da religião. E o pai de Nina, que até então fora um rapaz cordato, tornou-se um jovem rebelde. Para os avós certamente não havia maior rebeldia que a perda dos valores da religião, ou seja, de um dia para outro, acontecera o pior, de um dia para outro, tinham um filho ateu.

Muito rapidamente o ateísmo do pai de Nina iria adquirir as nuances extremas e fanáticas que o caracterizam. Deus não existe, nunca existiu, em seu lugar, a ciência. É claro que isso complicou sua vida, não só em relação aos pais, que nunca mais se recuperaram do choque, mas sobretudo no que diz respeito à noiva que até então o esperava pacientemente em Mendoza. É que a família de Yolanda tinha seus próprios planos para o pai de Nina, entre os quais esperar que ele se formasse para convencê-lo de que ter uma profissão era ótimo, mas importante mesmo era seguir o caminho de Deus, esperavam que ele, assim como seu pai e o próprio sogro, se tornasse pastor, reverendo. Diante dessa revelação, o pai de Nina teve um ataque de fúria, não compactuaria com essas sandices. E como era de se esperar, as novas ideias rapidamente fizeram com que o casamento fosse cancelado, mesmo com todo o apreço e respeito que tinha pelo avô de Nina, o reverendo não admitiria que sua filha, sua única filha se casasse com um ateu, praticamente um marginal. Ou ele retornava ao seio da religião ou que esquecesse Yolanda. Ele que escolhesse o que era mais importante. O pai de Nina manteve-se inabalável, não abriria mão da verdade por nada nesse mundo, nem por Yolanda. Yolanda chorava. Implorou ao noivo que mudasse de ideia, depois que se casassem ele poderia fazer o que quisesse, mas que apenas agora concordasse. O pai de Nina se recusou, de jeito nenhum fingiria acreditar em algo tão absurdo como religião, Deus, essas coisas, mas como realmente a amava, fez a seguinte sugestão: fugiriam juntos. Ele viria buscá-la no meio da noite, casariam, seu pai não poderia fazer nada para impedi-lo. Que ela pensasse, dentro de uma semana viria buscá-la, que o esperasse escondida atrás da árvore logo ao lado do portão. Não precisava levar nada, ele já conseguira um trabalho, dariam um jeito. Por um tempo morariam no quarto que ele alugava, mas logo teriam algo melhor. Que ela confiasse, tudo daria certo. Yolanda ficou assustada, um pouco relutante, mas concordou. Fugiriam.

No dia combinado, o pai de Nina pegou um carro emprestado e foi buscar Yolanda. Ela não estava lá. Esperou a noite toda, os olhos fixos no portão, na árvore, à procura de qualquer indício, um recado, um sinal. Somente quando o dia amanheceu, aceitou que ela havia desistido. Voltou sozinho para Valparaíso, para o quarto de estudante que havia preparado para recebê-la. Alguns dias depois, chegou uma carta, era dela, dizia que o amava mais do que tudo na vida, que sempre o amaria, mas que nunca se perdoaria se causasse a desgraça e a infelicidade do pai. E que tinha medo do castigo divino, porque aquilo que ele pedia, ela não tinha como ignorar, era o maior dos pecados, e estava na Bíblia, honrarás pai e mãe. E, no fundo, se tomava essa decisão agora tão dolorosa, era não só para salvar a própria alma, mas principalmente a dele, que já estava comprometida com essas estranhas ideias, e que ela rezaria, todas as noites, todos os dias, para que ele se afastasse das más companhias, estava claro que eram as más companhias, e que reencontrasse o caminho do Senhor. Despedia-se com um tua para sempre, Yolanda. O pai de Nina rasgou a carta e nunca mais falou com ela.

- - -

Antes do casamento, o ciúme de Antônio lhe parecia exagerado, porém aceitável, e não deixava de ter certo charme, um homem tão passional. Depois, quando se mudaram para a Inglaterra, uma cidadezinha perdida no mapa, e Nina ali, sem ninguém, apenas um curso de inglês duas vezes na semana, foi como se naquele lugar, longe das famílias e dos amigos, cada um enfim assumisse o papel que lhe fora destinado na relação. Nina em casa, Nina as tarefas da casa, Antônio, o trabalho e as tarefas do trabalho. Antônio não gostava que ela saísse sem ele, e não queria que ela trabalhasse, afinal, ele ganharia o suficiente para os dois, e não queria que ela tivesse amigas inglesas, mulheres pouco confiáveis, e não queria que ela tivesse amigas brasileiras, prostitutas, dizia, atrás de uma vida fácil ou de um emprego melhor. E implicava também com qualquer gasto que ela fizesse, examinava a nota do supermercado, o extrato do banco, a fatura do cartão de crédito, que compras são essas?, você está louca, pensa que somos milionários? E Nina que nunca se imaginara aceitando algo assim, ela que havia sido tão diferente em sua vida anterior, foi aceitando, talvez o lugar, o frio, os dias nublados, talvez a distância, a solidão. Olhava-se no espelho e não se reconhecia.

- - -

História paralela. Santiago do Chile. Apaixonou-se por ele à primeira vista. Dizem que nunca é bom sinal, amor à primeira vista, mas como todo mundo quando se apaixona, Teresa não se interessou pelos sinais de que alguma coisa poderia dar errado. Jaime era um homem interessante, bonito, muito bonito, alto, cabelos castanhos, e um olhar de cílios longos que lhe davam uma doçura inesperada. Quatro meses depois do primeiro encontro, no bandejão da universidade, foram morar juntos. Os amigos estranharam, mas tão rápido?, Teresa se limitava a sorrir e dizer, mas pelo que mais nós teríamos que esperar? A gravidez veio logo em seguida. Tiveram um menino, Diego, tempos difí ceis, diziam, era o ano de 1973. O golpe militar mudara a vida de quase todos ao seu redor, inclusive a dela e a do marido. Jaime quase não aparecia em casa, nunca avisava, nunca dava explicações, por precaução, dizia, para proteger você e nosso filho. Até que um dia ele desapareceu. E começou a peregrinação de Teresa para saber o que havia acontecido, soube através de conhecidos que ele havia sido levado quando invadiram a casa de um amigo. Apenas isso. Durante vários meses nem uma notícia. Até que recebeu uma ligação. Jaime conseguira exílio na Dinamarca. Deram-lhe um endereço onde deveria encontrá-lo. Sigilo absoluto, dissera-lhe a voz ao telefone. No início apenas a alegria em saber que ele estava vivo, mas logo depois a dúvida, e se fosse uma armadilha. Quem poderia lhe garantir. Ninguém. Mas era melhor correr o risco do que permanecer naquela situação, naquela incerteza. Pegou o filho, alguns poucos pertences, e foi ao local combinado.

Teresa e Jaime partiram para a Dinamarca. Diego, o filho deles, tinha um ano. A adaptação foi lenta e difícil. Teresa passava as noites insone, pensando no tempo em que o marido esteve preso, nos horrores que teria testemunhado, nos pesadelos inscritos no corpo. Jaime nunca falava no assunto, desde o primeiro encontro, nunca mais, ele disse, acabou. Só que aquilo nunca acabava. Estava ali, no seu rosto, no olhar distante, nos lábios contraídos. Ela o beijava, mas ele estava oco, ela pensava. Era como beijar algo que não existia, como se Jaime houvesse deixado de ser uma pessoa, restando apenas a casca, e ela se assustava ao pensar essas coisas. Jaime era o homem com quem ela casara, o pai do seu filho. E olhava para Diego, uma criança em meio a tudo isso, e o pegava no colo, beijava-lhe a face, os pequenos braços, como uma espécie de proteção, como se lhe dissesse, não, você é uma pessoa, acredite em mim, o filho, o homem ao seu lado, uma pessoa, ela mesma uma pessoa.

Mas Jaime havia mudado. Não apenas a dor. Havia outra coisa, muito mais assustadora. Um dia ela olhou para ele, após uma briga, e pensou surpresa, é ódio. Um ódio agudo e entranhado. Mas não apenas um ódio dos algozes, do governo, ou de todo um país, era um ódio que se alastrava, feito lava, ou um maremoto, e ia destruindo tudo o que havia pela frente, os pratos, os móveis, a casa, até que a alcançava, a ela e ao seu filho. Todos os dias. No início tentava entendê-lo, desculpá-lo, ele vivera coisas terríveis, depois chorando sozinha, ela sabia, o horror não se dissipava nunca, nunca se dissiparia, e continuaria ali entre eles, alimentando a vida deles, e a do próprio filho. Jaime que sempre fora gentil, até doce com ela, ia se tornando agora cada vez mais violento. Como se a dor no corpo da mulher pudesse aliviar algo em seu próprio corpo. Teresa se apavorava. Sozinha naquele país distante, estranho, Teresa não tinha mais ninguém.

Eu quero voltar, ela pedia. Mas ele nem considerava, de jeito nenhum, nunca mais aquele país de assassinos, assassinos, ouviu, meu filho não vai crescer num país de assassinos, ele se alterava. Ela não dizia nada. E olhava para o filho no parque, brincando com outras crianças naquele idioma que ela nunca conseguiria aprender. Eu quero voltar, ela insistia em voz baixa, sabendo que provocaria a fúria do marido. Cinco anos se passaram. Jaime cada vez mais distante, um estranho, ela pensava, eu não sei quem é esse homem, eu não sei, ela chorava. Jaime a agredia de diversas formas, nas palavras que usava para referir-se a ela, à sua dificuldade para aprender o dinamarquês, e até ao seu corpo, gorda, cada vez mais gorda, burra, cada vez mais burra, ele dizia, tenho uma mulher gorda e burra ao meu lado. Ela não dizia nada. Talvez fosse culpa dela, talvez, ao permitir que ele dissesse aquilo, ela pudesse magicamente aliviar alguma dor, algum ódio, mesmo não sabendo exatamente o quê.

Talvez tudo tivesse continuado dessa forma se não fosse a briga no Natal de 1979. Uma data que sempre a acompanharia. O Natal de 1979. Nevava muito aquele dia, 24 de dezembro. Ela fizera uma ceia para eles e para um casal de amigos, também exilados. Jaime, quando a viu colocar cinco lugares na mesa, perguntou, o que é isso?, ela, isso o quê?, você está esperando alguém? Ela sorriu, é claro, não é novidade, Marta e Gustavo vêm jantar conosco. Jaime levantou-se num salto, desde quando, eu não autorizei. Como assim, você não autorizou?, eu disse que convidaria os dois. Falamos sobre isso semana passada. Não falamos coisa nenhuma, você não me disse nada, eu jamais teria permitido. Mas por quê, qual é o problema?, o problema é que eu não quero, não quero saber de Natal, muito menos de gente aqui em casa, diga a eles que o jantar foi cancelado. Mas eu não posso fazer isso agora, eles moram longe, você sabe, já devem ter saído de casa. Não me importa, vá você jantar com eles em outro lugar. Você está louco, como vou fazer uma coisa dessas?

 Há certas brigas que parecem ter estado ali o tempo todo, esperando para tomar corpo. Qualquer descuido. Brigas que carregam consigo todos os ódios, todas as frustrações. Brigas assim, quando começam, não há nada capaz de freá-las, como se alimentadas por uma força inesgotável. E foi o que aconteceu naquele Natal. Jaime tornou-se violento, Teresa, cansada de suportar em silêncio, explodiu, egoísta, você só pensa em você, tudo é você, mas nós, eu e seu filho, nós não temos que pagar pelo que te aconteceu, nós não temos culpa, ouviu, nós não temos culpa. E nesse instante as palavras de Teresa provocaram uma fúria que ela jamais imaginou, Jaime, desfigurado, pareceu-lhe outra pessoa. Muitas vezes ele batera nela, mas nunca daquela forma, segurava sua cabeça entre as mãos, o rosto dele muito perto do seu, os olhos acesos, a expressão de ódio, e batia a cabeça da mulher contra a parede. Era para matar, ela pensava, não era alívio, não era raiva, era morte, ela pensava, um pensamento disperso. Teresa mal conseguia se defender, preocupava-se apenas com o filho ali na sala, e o medo, o maior de todos, áspero, aterrorizante, que a fúria do marido se voltasse contra a criança que chorava. Monstro, ela gritava, quando ele enfim a soltou, você é um monstro.

Teresa e seu filho foram resgatados pelo casal de amigos que, ao ouvir os gritos, chamou a polícia. Ela e a criança foram para um abrigo e dois meses depois voltaram para o Chile. Jaime, após responder a um processo judicial, desapareceu. A última vez que alguém teve notícias dele, morava em Oslo. Isso foi em agosto de 1981.

- - -

Olho o relógio. Ajeito as coisas sobre a mesa de trabalho, um porta-lápis, jornais, alguns livros empilhados, Sento-me ao computador, abro o arquivo no qual venho trabalhando há meses: escrevo uma, duas frases. Um homem e seu pai, vinte e três anos. Em algum momento o pai diz: Eu não tenho culpa de ter te posto no mundo.

- - -

Orquídeas. Sempre gostei de orquídeas, diz Nina. Uma flor tão delicada. Mas robusta. As orquídeas têm uma inesperada predileção pela vida. E projetam uma estranha elegância. Pouca água, na realidade duas pedras de gelo, uma, no máximo duas vezes por semana, de vez em quando adubo, mínimos cuidados. As orquídeas, assim como alguns animais, não precisam de ninguém. Nina me lança um olhar de acusação, eu finjo que não entendo, sorrio, mudo de assunto, o que você está achando da cidade, mudou muito, não?

- - -

Dizem que tia Inés foi muito bonita na juventude, comentou Nina, referindo-se à tia-avó. Teve inúmeros pretendentes. Dispensou-os sem pensar duas vezes. Dizem que um deles, o mais apaixonado, decidiu que se não casasse com ela, não casaria com mais ninguém, e passaria a vida tentando conquistá-la. Foi mais ou menos o que aconteceu. Mandava flores todo dia 15, data em que a vira pela primeira vez, numa festa à fantasia, ela vestida de espanhola, um leque, a mantilha caindo pelos ombros. Os olhos escuros, muito maquiados. E a boca, a boca não muito grande, mas de um vermelho intenso. Nunca se esquecera daquela imagem, tia Inés bebendo um ponche cor-de-rosa com sua boca avermelhada, os dedos cheios de anéis. Tudo nela parecia real, corpóreo, de uma sensualidade natural. Nunca disse isso a ela, claro, tia Inés não gostava desse tipo de audácia, essas intimidades. Mas ele não desistia, durante anos, flores todo dia 15, presentes no Natal e no aniversário, bombons, livros, e em momentos de grande paixão, joias. Os amigos riam dele, anos atrás de uma mulher que não o queria, por que você insiste, perguntavam, e ele respondia, porque sim, porque não sei fazer de outra forma.

Tia Inés não o queria, mas acabou se acostumando com ele, com a sua presença, aquele amor, disse Nina. E os anos se passaram. Oito anos. Até que, após oito anos desse relacionamento platônico, porém constante, de um momento para outro, ele sumiu. Nada de flores nem livros nem telefonemas. Nem ao menos uma carta. Um bilhete. Nada. E tia Inés adoeceu. Passou meses sem sair de casa. Tinha medo que justamente numa dessas saídas, ele aparecesse e se desencontrassem. Então todos os dias, acordava às cinco da manhã, tomava banho, colocava um belo vestido, maquiava-se, penteava-se, perfumava-se e ia esperá-lo na sala de estar. A mãe, a bisavó de Nina, que ainda estava viva, se preocupava, e comentava com os empregados, essa menina, pálida desse jeito, deve estar doente do pulmão. E o tempo continuou passando. Um, talvez dois anos.

Até que um dia, o irmão de Inés, avô de Nina, encontrou-o por acaso num café. O pretendente desaparecido. Num misto de indignação e curiosidade, foi até a sua mesa tirar satisfações. Afinal, o que acontecera? Como ele ousava sumir daquele jeito, enganá-la? Por acaso não sabia que ferira profundamente os sentimentos de Inés?, disse ele, disse Nina. O homem olhou-o com expressão de surpresa, talvez de cansaço, bebeu um gole de vinho do Porto, perguntou num tom educado, mas bastante frio, ah, sim, Inés, como ela está? Arrasada, é claro, você desapareceu, nunca mais mandou notícias, seu canalha, aproveitando-se da boa-fé, da ingenuidade de uma moça de família. E o avô de Nina, que a essa hora da tarde já havia bebido vários cálices de aguardente, o que o deixava agressivo, de uma agressividade sem origem e sem destino certo, pegou-o pelo colarinho disposto a dar-lhe um soco, ou esbofeteá-lo ou ao menos lhe dar uma boa lição, como se atrevia, era a honra de sua irmã que estava em jogo. O homem, sempre muito calmo, mas talvez com um sorriso zombeteiro, foi o que o avô pensou, disse, você pode até me bater, mas a verdade é que de nada vai adiantar. O amor acabou, apenas isso. E não vai ser um soco, ou uma surra, que vai me devolver aquele antigo sentimento. Ao ver aquela passividade, talvez certa tristeza, ele recuou, soltou o homem, disse: como assim, o amor acabou? E todos esses anos? E tudo o que vocês viveram? O homem não respondeu. Levantou-se da cadeira, ajeitou o paletó, a gravata, pegou o chapéu, despediu-se dele com um aceno, e foi embora. O homem foi embora pensativo pela rua. O avô de Nina ficou lá e pediu mais um cálice de aguardente. Não se sabe quem, mas um dos dois pensou: é preciso insistir para que o amor se gaste e o amor acabe.

Poucos meses depois, para surpresa de todos, tia Inés saiu daquele estupor. Um dia se levantou, fez a toalete como de costume, mas em vez de ficar sentada na sala de estar, começou a fazer longos passeios. Ninguém sabia muito bem aonde ela ia. Saía cedo e só voltava no fim da tarde. Mudou a forma de se vestir, as cores escuras foram substituídas pelo branco, pelo rosa, chapéus da moda, tecidos esvoaçantes, pulseiras, colares. Um dia voltou para casa acompanhada de um homem. Não era bonito, era até feio, alguns quilos acima do peso, bastante mais velho, viúvo. Apresentou-o à família, um diplomata. Casaram-se. Logo após o casamento, se mudaram para Helsinque, depois Pequim, depois Budapeste. Tiveram dois filhos. Um menino chamado Ignacio e uma menina chamada Josefa. Tia Inés pensava, surpresa, tímida, então isso é o amor, e nos momentos de inquietude, dizia para si mesma, como uma espécie de mantra, ou proteção, é preciso insistir para que o amor se gaste e o amor acabe.

- - -

Luiza viajou. Estou sozinho em casa. Ando pela sala, é ampla, espaçosa, os poucos móveis lhe dão um ar de grande salão. Penso no armário antigo que Luiza restaurara, nos quadros combinando com o sofá, os pequenos detalhes, penso em Luiza e na sua dedicação àquele espaço. As plantas, as flores que ela compra sempre aos sábados na feira. As pequenas coisas da casa. Sento à mesa de jantar junto à janela. A mesa de oito lugares. Passo a mão pelo tampo, sigo com o dedo os elaborados desenhos que se estendem pela madeira, os desenhos feitos por ninguém, obra da própria madeira. Estou sozinho em casa, sozinho à mesa de oito lugares, a primeira vez desde que nos mudamos. Olho em volta, e penso nas palavras de Nina, a frase que ela sempre repetia: assim deve ser o amor.

- - -

Olho em volta. As estantes cobrem toda uma parede. Os livros de Luiza. Olho para aqueles livros como se olhasse para uma pessoa, como se a investigasse, como uma criança diante da biblioteca do pai ou do avô, diante da possibilidade. Passo os dedos pelas lombadas, escolho um autor húngaro. Abro ao acaso, vejo que há um trecho sublinhado. Leio. Instintivamente, fecho o livro. O que fazer com as frases sublinhadas por outra pessoa, essa invasão, essa repentina intimidade. Devolvo-o à estante.

- - -

História paralela. Homem descobre que o pai fora um torturador e o entrega à polícia. Depois chora, pensa, a prisão é um lugar tão solitário para um homem velho.

- - -

Nina levanta e vai embora, eu fico ali, sentado à mesa no restaurante. Sinto-me inquieto, sem saber o que fazer com as mãos, dobro e desdobro o guardanapo, ajeito a colher da sobremesa, mudo várias vezes o copo de lugar. Sei que a decepcionei. O garçom se aproxima, eu peço a conta, pago, mas continuo ali, como se não soubesse bem para onde ir. Nunca li os diários, eu disse, joguei fora naquela mesma noite. Sei que você os deixou para mim, mas preferi não ler, preferi não me aproximar daquela tua intimidade, aquele presente tão estranho, você não acha, ir embora assim, sem se despedir, eu insisto, Nina, eu não sei nada sobre você, nada que signifique um espelho, uma resposta. E são poucas as coisas que eu tenho a te dizer, não há interesse, amor, desejo, nada. Afinal, o que você queria? Os olhos de Nina se enchem de água.

- - -

Vou até o armário. Tiro de lá uma caixa vermelha, dentro dela dezessete cadernos dos quais não consegui me livrar. Penso, o que será do passado quando os rastros se forem e ficar apenas a memória. Como se os rastros dissessem alguma coisa. Os rastros contam sempre uma outra história. Abro um dos cadernos, leio com cuidado o primeiro parágrafo, sinto como se o lesse pela primeira vez. E talvez seja, uma leitura divorciada da emoção, do acontecimento em si. As palavras parecem ter perdido sua substância, como uma fruta que tivesse perdido sua carne e restasse apenas a casca. A casca das palavras é frágil e ressecada. Eu te amo, diz o texto. Talvez entre o *eu te amo* e o amor propriamente dito haja um espaço intransponível. Talvez o tempo que passa. Mas não apenas. Talvez um inevitável desencontro. Essa incoerência. Leio o texto como se fosse parte de um romance. Talvez seja isso, e quando o amor acaba resta apenas a ficção.

FICÇÃO

Everything is autobiographical, and everything is a portrait, even if it's only a chair.

Lucian Freud

I.

***

 Ela abre a porta, eu não digo nada. Ele o espera no escritório, primeira à direita, ela diz. Como se eu não soubesse onde fica o escritório. Ela encosta o corpo junto à parede, cruza os braços. Talvez tenha medo de mim. Talvez me odeie. O ódio e o medo fazem a gente dizer qualquer coisa. Como se eu não houvesse nascido e me criado naquela casa. Como se eu não soubesse. O que sabe ela de mim. Nada. Ela quer dizer algo mais, mas eu sigo em frente pelo corredor. Ela quer dizer algo mais, os braços cruzados junto ao peito. Primeira à direita, eu digo a mim mesmo. Como se eu não soubesse, eu que nasci e cresci naquela casa. O cheiro antigo. O cheiro de casa vazia, abandonada, e as pessoas dentro dela. O cheiro antigo. Por mais que limpem, o cheiro de limpeza nunca se sobrepõe ao abandono de uma casa. Ela com sua roupa simples e impecável. Por mais que planejemos. Nada se sobrepõe. Ela quer dizer alguma coisa. Eu entro sem dizer nada. Vinte e três anos. Vinte e três anos sem passar por aquele corredor. Vinte e três anos e as pessoas dentro daquela casa, mesmo fora dela. Há lugares que nunca nos abandonam. Espaços que nos espreitam, nos assombram. Talvez ele me odeie. Por mais que eu o abandone, dia após dia, por mais que planejemos. Primeira à direita, o escritório. Ela quer dizer alguma coisa, atrás da porta, como se eu não soubesse. Eu sigo em frente, o corredor. Talvez eu ainda o odeie. Ódio e medo. Por mais ressalvas, por mais pretextos. A porta aberta à direita. A porta encostada apenas. Vinte e três anos e a porta encostada, espaços que nos espreitam. Ele quer dizer alguma coisa. A casa inteira. Há lugares que nunca nos abandonam. Me aproximo, não sei se me anuncio, se bato na porta, se espero. Mas ele se adianta, do outro lado, ele à espreita, entre, reconheço a antiga voz. Por mais que planejemos. Vinte e três anos, eu entro.

***

Entre, ele diz. A voz ecoa pela casa. A porta se abre ou eu abro a porta. Vinte e três anos, ele diz. Do outro lado, à espreita, um velho. Ele me olha como se repetisse, vinte e três anos, vinte e três anos. Eu não digo nada. Eu repito, um velho, um velho. Olho e não olho para ele. Estou e não estou ali. Reconheço o quarto, o enorme escritório entulhado de livros e revistas e papéis. Reconheço a cômoda antiga, e o espelho e a poltrona em frente ao espelho. Reconheço até os quadros nas paredes, e a luz de inverno que entra pela janela. Nunca deixei de estar e não estar ali. Há espaços que nos assombram. Um velho. É só um velho, digo para mim mesmo. Só um velho, e uma casa, e um escritório atulhado de papéis. É só um velho, e o cheiro de mofo e de coisa guardada, e o cheiro de gente velha. É só o corpo magro de um velho. O corpo magro, e a barriga inchada, e a pele flácida, e o cabelo branco e ralo de um velho. É só a respiração arfante, e os lábios murchos, e as costas curvas, e os dedos tortos, e os olhos cegos ou quase cegos de um velho, e as varizes e as manchas e as dores e o cansaço e a insônia de um velho. É só um velho, digo para mim mesmo. E o tempo de um velho chegando ao fim.

Entre, ele diz.

***

Feche a porta. O menino fecha a porta lentamente, como se prolongar esse movimento pudesse adiar o que estava por vir. Sente, o homem aponta para a cadeira em frente à mesa abarrotada de livros e papéis. O menino senta, balança as pernas sem perceber, cruza os braços. Sente direito, ele diz. Descruze os braços, endireite essa coluna. Você parece um balão murcho. Um homem só controla seus pensamentos se for capaz de controlar o próprio corpo, entenda isso. O menino não diz nada. Ou você acha que os grandes homens da história passavam o dia encolhidos numa cadeira? Gêngis Khan, Mao Tsé-tung, Napoleão. Você acha que Gêngis Khan passava o dia numa cadeira? Encolhido? O menino não diz nada. Está me ouvindo?, o menino faz que sim com a cabeça. Você acha?, o menino faz que não com a cabeça. Agora preste muita atenção, vamos ver se você aprende alguma coisa, para isso te chamei aqui, a tarefa de hoje é um problema de lógica, vamos ver se você desenvolve o seu raciocínio, e preste atenção, quanto mais tempo você demorar para achar a resposta, pior vai ser, está entendendo? Além disso, vou explicar uma única vez, não vou repetir. O menino imóvel. Está entendendo? O menino faz que sim com a cabeça. O corpo do menino treme, o menino pensa, como quem repassa uma lição, Gêngis Khan foi um conquistador e imperador mongol, não passava o dia encolhido numa cadeira, Mao Tsé-tung nasceu numa família de camponeses, não passava o dia encolhido numa cadeira, Gêngis Khan unificou os povos mongóis, não passava o dia encolhido numa cadeira, Napoleão tinha um cavalo branco e não passava o dia. O dia numa cadeira, encolhido. Está entendendo? O menino faz que sim com a cabeça.

***

Problema de lógica: Um homem fora acusado de roubar cinco camelos e condenado à morte. O sultão, porém, conhecido por sua sabedoria e justiça, resolveu dar-lhe uma chance. E explicou, esta prisão tem duas saídas, uma saída leva à liberdade, a outra, à morte. Cada saída tem um guarda, um deles, nós não sabemos qual, diz sempre a verdade, o outro, sempre a mentira. Você tem direito a uma pergunta, somente uma pergunta, para um dos dois guardas, mas somente uma pergunta, um diz sempre a verdade, o outro, sempre a mentira, nós não sabemos qual, mas você tem direito a uma pergunta, e com essa pergunta deverá ser capaz de encontrar a saída. Está me ouvindo? O menino. Sendo assim, a pergunta deve ser feita de tal forma que a resposta dada pelo guarda, seja qual for, indique a porta correta. Está me ouvindo?

***

Nós não sabemos qual. Um deles diz sempre a verdade. Ódio e medo. Uma pergunta. O outro, sempre a mentira. Somente uma pergunta e tudo ficará bem. Qual é a porta correta, errado, qual é a porta errada, errado, qual é o camelo correto, errado, qual é o camelo errado, errado, qual é o seu nome, errado, onde você mora, errado, que número você calça, errado, qual é a sua música preferida, errado. Você mente, errado, você diz a verdade, errado, você sabe como saio daqui, errado, você nunca se cansa, errado, você sabe qual é a pergunta certa, errado, qual é a pergunta errada, errado, qual é a mentira, errado, qual é a verdade, errado, qual é o último desejo, errado, qual é o contorno, errado, qual é o destino, errado, qual é o ponto de partida, errado, qual é o ponto cego, errado, qual é a cor do cavalo branco de Napoleão?

***

Feche a porta, diz o velho. Eu fecho a porta. Vinte e três anos, ele diz, sem deixar claro se a frase é uma lembrança ou uma reclamação. Eu faço que sim com a cabeça. Os cabelos brancos e ralos, a pele manchada no dorso das mãos, o esforço que ele tenta ocultar através de movimentos longos e graves. Vinte e três anos. O corpo encurvado na cadeira, o corpo encurvado de um velho. Estava te esperando, ele diz. Eu sei, digo para mim mesmo, eu não digo nada. Eu não esperava, isto aqui. Estava te esperando, ele diz, eu não esperava, vinte e três anos e eu não esperava, o tempo sobre si mesmo. Sente-se, ele diz. A cadeira é a mesma, a madeira desgastada é a mesma, até o couro, o couro escuro do estofado. Eu nunca me levantei daquela cadeira, eu nunca saí daquela cadeira, o peso do tempo sobre si mesmo. O cavalo branco de Napoleão. Então finalmente você se dignou a aparecer, ele diz. Os olhos minúsculos de um velho, os olhos minúsculos de um velho desde muito jovem. Ele me examina detalhadamente. Você envelheceu, ele diz. Você sempre foi velho, eu penso. Você sempre foi um fraco, você sempre foi covarde, ele poderia ter dito. Você sempre foi um moleque, ele diz, mas agora parece que envelheceu, os olhos minúsculos de um velho. E essa barriga? Na sua idade eu não tinha essa barriga. Na minha idade você não tinha muitas outras coisas, na minha idade você tinha a mim, na sua idade você tem apenas esta casa e essa mulher na porta da casa. Na sua idade você tem a mim, e o ódio e o medo. Na minha idade eu não tenho nada.

***

Você casou, ele pergunta, eu digo que não, você teve filhos, ele pergunta, eu digo que não, você enriqueceu, ele pergunta, eu digo que não, eu sei que ele sabe que não, eu sei que ele pergunta para me expor, como um problema de lógica, a porta certa, a porta errada, um diz sempre a mentira, o outro diz sempre a verdade, só uma pergunta, ele insiste, você casou?, você teve filhos?, você amou alguém?, você venceu na vida?, você comprou uma casa?, você deu a volta ao mundo?, você escreveu um livro?, você é famoso?, você vai ficar para a história?, você abateu seus inimigos?, você aprendeu a jogar xadrez?

***

Quero ver se você melhorou suas técnicas no xadrez, leu o livro que eu mandei?, o menino faz que sim com a cabeça, o menino mente o tempo todo, sempre a mentira, sempre a verdade, o menino se engana o tempo todo, errado, errado, errado, a cada movimento no tabuleiro de xadrez. O menino não sabe a diferença entre a rainha e a torre, o menino não sabe a diferença entre o peão e o bispo, o menino não sabe que o rei nunca morre, o menino não sabe o que é um xeque-mate, o menino não sabe como vencer, o menino não sabe prever uma, duas, três jogadas, o menino não sabe armar estratégias, o menino não sabe, e mente o tempo todo, e faz que sim com a cabeça, e o pai diz que não, e joga longe o tabuleiro com seus cavalos e bispos e torres e peões, o pai joga longe o rei e a rainha e o cavalo branco de Napoleão. O menino chora. O menino não pode chorar, o menino tem que aprender a ser homem, o menino tem que aprender a não sentir dor nem fome nem cansaço, nem vontade de ir embora, o menino tem que aprender que o mundo é um jogo, o menino tem que aprender que o mundo é cruel, o menino tem que aprender que só sobrevivem os melhores, o menino tem que aprender a ser forte, o menino tem que aprender a jogar xadrez.

***

Você é um covarde, o pai diz, o menino fica imóvel. Quando eu tinha a sua idade, nós morávamos no campo e eu caminhava dez quilômetros todos os dias para ir e voltar da escola, dez quilômetros, não tínhamos dinheiro para comprar sapatos, e a sola ia gastando e gastando, e meus pés viviam cheios de bolhas, e muitas vezes sangravam quando eu chegava da escola, dez quilômetros. À tarde eu ajudava meu pai no arado, nós éramos muito pobres, eu ajudava meu pai na pescaria, e ajudava meus irmãos com os deveres, e cuidava das poucas galinhas, e defendia meus irmãos dos outros garotos, eu cuidava da minha mãe para que ela não tivesse que carregar sozinha a trouxa de roupas, eu ajudava nas tarefas de casa, e estudava e era o melhor aluno da escola, nós éramos muito pobres, e meu pai era alcoólatra, e eu não tinha medo de nada. Quando eu tinha a sua idade eu já era um homem. Mas você não, você é um moleque, um moleque, está ouvindo, um moleque preguiçoso e tolo, com medo do escuro e medo do claro e medo de ficar dentro de casa e de ficar fora de casa, e medo de comer e de ficar sem comer e medo de falar e de não dizer nada, e medo do mar e da areia e até mesmo da própria sombra. Porque filho meu não tem medo, ouviu, filho meu pode ser até bandido, pode até ser injusto, pode até morrer ou matar, mas não pode é ser assim como você, um covarde.

***

Quando eu tinha a sua idade, meu pai já havia morrido fazia tempo. Meu pai morreu ainda jovem, mal chegara aos cinquenta. Morreu de tanto beber, o fígado parou de funcionar, já falei nisso alguma vez?, sim, eu digo que sim, que já falou. Porque as coisas se repetem. Quando eu tinha a sua idade o meu pai estava morto. Quando meu pai morreu eu senti um grande alívio, como se tivesse morrido parte de mim. Morrer é um grande alívio. Você também vai ficar feliz com a minha morte, eu sei. Será um dia de comemorações, eu não me importo, é como são as coisas. Quando meu pai morreu eu senti um grande alívio, nunca mais aquele homem bêbado pela casa. Eu nunca bebi, você sabe disso? Nem nos momentos mais terríveis da minha vida, posso me orgulhar, posso dizer com todas as letras, eu nunca bebi, jamais esse paliativo, essa fraqueza, nem nos momentos mais assustadores, momentos que fariam o mais corajoso dos homens sair correndo, se esconder, fugir. Eu nunca fugi, eu nunca enganei, eu nunca traí, eu nunca bebi. E agora estou velho e estou morrendo, mas não tenho medo da morte. Eu conheço a morte, conheci-a de perto, convivi lado a lado com ela, eu já te contei?, eu faço que sim com a cabeça, ele já me contou, o velho de olhos minúsculos, o velho encurvado, ele e a morte haviam convivido lado a lado, durante um ano, e ele não tinha medo porque ele era um homem e um homem não tem medo de nada. Tantas vezes ele me contara. Não me interessa a sua coragem, não me interessa o seu heroísmo, suas condecorações, simplesmente não me interessa, eu penso, mas não digo nada. O seu pai é um homem ético, diziam as pessoas, o seu pai é um homem fiel aos seus ideais, o seu pai é um grande homem, o seu pai é insubstituível. Eu não me importo. O meu pai é um velho encurvado.

**

Você parece um velho, diz o pai para o menino, um velho encolhido nesse quarto. O menino não diz nada. Você precisa de sol, de ar puro, precisa de exercícios. Porque os livros são importantes, é verdade, importantíssimos, mas um homem não se faz só de leituras, só de conhecimento, um homem se faz também de força e resistência física. Músculos. Deixe-me ver esses braços, essas pernas, olhe só para você, um amontoado de gravetos, bracinhos, perninhas, um homem não tem bracinhos, não tem perninhas, não tem pezinhos de anjinho, cabelinhos, cachinhos, um homem se faz de muito esforço, olhe só para mim, olhe, está vendo estes músculos, olhe, são músculos de quem vive lá fora, no mundo, não enfurnado num quarto, olhe para a cor da minha pele, o sol, pele curtida de sol, olhe para as minhas mãos, está vendo estas mãos, eu poderia matar uma pessoa com elas, eu poderia estrangular uma pessoa, quem eu quisesse, o homem fecha as mãos em volta do pescoço do menino, está vendo, o menino não diz nada, ódio e medo, as mãos se fechando cada vez mais, o menino mal consegue respirar, ódio e medo, está vendo como é fácil, com estas mãos eu poderia qualquer coisa que eu quisesse, porque agora, a tua vida, tudo isso que circula no teu corpo e que a gente chama de vida, depende de mim, somente de mim, está vendo, o menino não vê nada à sua frente, apenas o ódio e o medo, você entende agora?, é preciso ser forte, forte o suficiente para que a própria estabilidade não dependa de mais ninguém, entende?, o menino não entende, o menino promete a si mesmo não chorar, nunca mais chorar, o menino promete a si mesmo, nunca mais. Mas o menino é fraco, o menino sente medo, o menino sente ódio, o menino chora.

**

O que você fez da sua vida?, o velho pergunta, eu não fiz nada, eu poderia responder, eu não amei, eu não tive filhos, eu não me tornei um homem bem-sucedido, eu nem ao menos tenho uma casa própria, eu poderia responder. O velho atrás da mesa abarrotada de livros, pra que todos esses livros, se eles fizeram de você o que você é, um velho. Nem os livros nem os exercícios puderam te salvar, anos caminhando na areia, nadando no mar, anos em longas corridas, a elasticidade e a força do corpo, a resistência do corpo, e agora, apenas isso, a fragilidade do tempo, resta. Eu olho para os livros, sempre os livros, os livros fizeram de mim o que eu sou hoje, diz o velho, sempre as mesmas frases, eu penso, por mais que o tempo passe, por mais que planejemos, os livros nada têm a ver com a pessoa que nos tornamos. Os livros não têm culpa. Meu pai era muito pobre, já te disse isso?, muito pobre mesmo, às vezes nem tínhamos o que comer, morávamos todos num casebre de um único cômodo. Meu pai era órfão, foi criado por uma família de camponeses que o encontrou ainda muito pequeno vagando numa espécie de transe pelas ruas do povoado. Ninguém sabia quem ele era nem de onde vinha, ele não falava, por quase um ano, nada, nem ao menos uma palavra, um balbucio qualquer, eles o criaram como se cria um cachorro que aparece de repente. Meu pai foi encontrado vagando pelas ruas, sobre o que acontecera, ele nunca falou. Nem ninguém se interessou em saber. Eram todos muito pobres. Quando cresceu, meu pai casou com uma das filhas daquela família, nem bonita, nem feia, apenas porque ela estava lá, e continuou morando na mesma casa, todos muito pobres. Meu pai teve sete filhos, quatro morreram, eu sobrevivi, eu sempre sobrevivi. Eu só tive um filho, você, eu achei que nunca teria filhos, ao contrário do meu pai que aceitava tudo, eu queria ir embora dali, daquela miséria, daquele futuro que insistia. Eu catava os livros que as pessoas jogavam no lixo, jornais, revistas velhas, eu lia tudo, às vezes a professora me emprestava alguma coisa, ela tinha orgulho de mim, eu lia porque eram aqueles livros que me tirariam dali, eu sempre soube disso, os livros e a coragem e a força. Eu fazia exercícios, trezentas flexões, todos os dias exercícios, antes de ir para o colégio, levantava mais cedo, trezentas flexões, fins de semana, trezentas flexões, corpo e mente, era necessário trabalhar ao máximo, só assim eu sairia dali. Nada me foi dado, como a você a quem eu dei tudo, uma casa, comida, disciplina, educação, a mim, nada me foi dado, nada.

***

Alguém bate na porta. O velho diz entra, a porta se abre lentamente, ela assoma a cabeça, talvez tenha medo dele, todos têm medo dele, mesmo velho e encurvado. Talvez ela tenha medo de mim. Entra, Luzia, ele diz num tom surpreendentemente suave, os olhos miúdos do velho. Luzia entra, uma bandeja nas mãos, trouxe um cafezinho, ela diz, como se desculpando. Ela se aproxima do velho, apoia a bandeja sobre a cômoda, pode deixar aí mesmo, ele aponta para a escrivaninha, ela põe algumas gotas de adoçante em sua xícara, eu digo que não quero café, obrigado, ela comenta, seu pai ficou diabético, você sabia?, ela comenta num tom de recriminação, eu digo, não, não sabia, não pode comer nada com açúcar, Luzia é muito exagerada, gosta de se preocupar, ele diz, e por mais que isso a incomode todos vamos morrer mais cedo ou mais tarde, no meu caso, mais cedo, aliás, esse dia está bem próximo. Mas eu não me importo. Luzia o recrimina, não diga isso, você ainda tem muito o que viver, o tom é o de quem fala com uma criança, amorosa, porém severa, coloca sobre a mesa além do café um copo de água e uma série de remédios, aqui, tome, é a hora dos seus remédios, o velho dá uma gargalhada, toca de leve a mão de Luzia e diz, você vê, essa mulher quer me obrigar a continuar vivo, acha que vai me convencer, cheia de truques, tinhosa, mulher é um bicho tinhoso.

***

Afinal, para que você me chamou aqui?, tenho vontade de perguntar. Vinte e três anos, por que agora, depois de vinte e três anos?, a pergunta ressoando em minha mente, ele como se me ouvisse, te chamei porque ao contrário das previsões da Luzia, eu estou morrendo, ele anunciou. Pensei que homens como você não morriam, eu pensei, mas não disse nada. O homem velho estava morrendo, todos os homens velhos estavam morrendo, às vezes os jovens também, e ele anunciava aquilo como se fosse um ato heroico, atenção, ele estava morrendo. Eu não me importava. Eu não conseguia sentir nem pena, nem alegria, nem desprezo, nem ao menos alguma espécie de alívio. Apenas o ódio e o medo, como se ele, até naquele momento, ou desde sempre, me roubasse algo ou me negasse algo ou me submetesse a algo, alguma ordem, alguma violência, até naquele último momento uma violência. Por que até a morte tem que ser uma bofetada, uma falta de ar?, eu me pergunto, resposta: errado. Por que você me chamou aqui? errado, por que você não morre em silêncio?, errado, por que você não morre logo de uma vez?, errado, por que tudo isto, depois de vinte e três anos?

***

O meu pai era alcoólatra, eu já te disse? Sim, o seu pai era alcoólatra, muito pobre, vocês eram extremamente pobres, o seu pai foi adotado por uma família de camponeses, o seu pai nunca falava do passado, do que acontecera antes disso, o seu pai dizia que não se lembrava e mudava de assunto, o seu pai era um ignorante, o seu filho é um ignorante, o seu pai era um fracassado, o seu filho é um fracassado, você já me disse, eu pensei, eu disse, sim, eu sei, e fiz que sim com a cabeça. O meu pai nunca aprendeu a ler, analfabeto, você consegue imaginar? Você neto de um homem assim, você que teve tudo, os melhores colégios, a melhor faculdade, todos os livros que você quisesse ler, você que teve tudo e veja só no que deu. Eu não digo nada. Penso, veja só no que deu, nisto que eu sou, nisso que você é, os melhores colégios. De nada adiantou todo o meu esforço, tudo o que eu fiz por você, os melhores colégios, os melhores livros, uma biblioteca em casa, você pode imaginar o que significa isso, ter uma biblioteca em casa para o filho de um analfabeto? Tudo isso que eu te ofereci, mas para quê? Para que você um dia fosse embora e nunca mais voltasse, para que você carregasse para sempre esse rancor, esse ódio que eu nunca entendi. Como se eu tivesse te feito algum mal, deliberadamente. Como se eu não tivesse, eu que estive ali, o tempo todo. Vinte e três anos, o meu único filho. Eu que nunca quis ter filhos, já te disse isso? Eu que nunca quis pôr filhos neste mundo, mas quando você nasceu, quando eu te vi pela primeira vez, você nos braços da sua mãe, soube que era a minha obrigação, a obrigação de um pai, dar o melhor, e dar o melhor é também prepará-lo para o pior, o mundo é sempre o pior, é necessário ter coragem, é necessário ser forte, mas você, você saiu assim, fraco, covarde, encolhido numa cadeira, você se lembra? Sim, eu me lembro, encolhido, e o medo, esse incompreensível medo de tudo, de onde viria tanto medo, eu me perguntava.

***

Eu nunca quis ter filhos. Não é um mundo para se deixar como herança a ninguém, eu sempre pensava, depois de tudo o que eu vi e passei, depois de tudo o que eu soube, como acreditar que poderia ser melhor para alguém. Mas você, o que você sabe disso?, o que você sabe do mundo? Nada. Você não sabe o que é a morte, o que é chegar muito perto da morte, tê-la ao seu lado, dentro de você, mas eu sei, e não desta morte agora, esta morte do dia a dia, eu me refiro à outra, àquela que escava, que invade, que se aprofunda no corpo, a morte agarrada ao corpo, feito um polvo, a morte e seus tentáculos de polvo, suas ventosas. Eu tinha dezenove anos quando vi a morte pela primeira vez, quando a conheci, e ela me acompanharia o resto da vida, até agora, até que a morte me resgate da morte, entende?

***

Um dia, meu pai debruçado numa janela, décimo, décimo primeiro andar, uma metralhadora nos braços, ele atirava. Parecia em transe, ele não tinha medo, em seu rosto apenas fúria, como se ali ele pudesse ultrapassar qualquer cansaço, qualquer fragilidade. O peso da metralhadora. Meu pai era um homem debruçado numa janela naqueles dias. Depois, nunca mais seria o mesmo. Algo aconteceu. Depois outras coisas aconteceriam. E essa fúria, que eu não tinha como compreender, estava em mim.

***

Você nunca fala no seu pai, já percebeu?, estávamos havia uns dois meses juntos quando Nina me fez essa pergunta. Não, não percebi, talvez porque ainda não houve tempo de falar de ninguém, e porque eu prefiro falar de você, que é muito mais interessante, pode ser, ela respondeu. Ele mora no exterior?, não, mora aqui mesmo, aqui mesmo onde?, nesta cidade?, sim, nesta cidade, a alguns quarteirões daqui. E vocês nunca se veem?, nunca, mas nunca mesmo?, é, nunca mesmo, ao menos nos últimos dez, doze anos, sério?, ela cada vez mais surpresa, talvez decepcionada, como se visse em mim uma aberração ou, no mínimo, uma indesculpável falha de caráter, eu digo, é sério, mas por quê?, ela insiste. Nina, eu não falo com meu pai há dez anos porque eu não quero, porque não tenho vontade, porque eu não tenho nada para dizer a ele, simples assim, e se você insistir nesse assunto é melhor você se vestir, pegar as suas coisas e ir embora. Ela me olha magoada, por que você está falando assim comigo?, porque eu não gosto que me pressionem, se eu digo que não quero falar sobre o assunto é porque não quero falar, entendeu? Ficamos os dois em silêncio, Nina se vira de costas pra mim, eu sei que ela está chorando, eu fiz aquela mulher chorar, eu penso, sem saber ao certo como isso acontecera, ela era linda ali na cama ao meu lado, e eu a fizera chorar, mais cedo ou mais tarde, eu sempre fazia isso com as pessoas.

***

Vi a foto do seu pai no jornal, logo desconfiei, eu já tinha visto aquele nome na sua carteira de identidade, logo veio a lembrança, incrível, e pensando bem, até que vocês se parecem, é mesmo?, eu digo sem dar muita importância ao assunto, é, ela insiste, é mesmo, muito parecidos, o formato do queixo, da boca, o olhar, só o nariz que é diferente. Mas por que você não me disse nada?, isso é tudo tão absurdo. Nina, quer fazer o favor de parar com isso, eu não te disse nada porque não havia nada a dizer, mas não é possível que você ache normal isso, eu namoro um homem há quase dez anos e não sei nada sobre ele, como assim, você sabe tudo sobre mim, tudo?, você só pode estar brincando, eu não tinha a menor ideia de quem era o seu pai, você me escondeu isso este tempo todo, Nina, eu não te escondi nada, já te disse, apenas não há nada a dizer. Eu não te entendo, eu realmente não te entendo, às vezes, nem sei se te conheço, depois de todos esses anos, às vezes, como agora, eu me pergunto, afinal, quem é você?

***

O menino corre na areia da praia, o menino olha para a frente, o menino olha para os próprios pés, para a frente, para os próprios pés, para a frente. Ao longe, quase indistinguível, o semblante de um homem, a figura aumenta e diminui de acordo com os passos do menino, ele tenta correr mais rápido, cada vez mais rápido, mas a figura que num momento chegara a estar bem próxima se distancia novamente. Mais rápido, pensava, mais rápido, mas o corpo vai pouco a pouco perdendo o impulso, os músculos fraquejam, as pernas já não respondem, até que ele, exausto, desiste. O menino senta-se na areia, o menino vê a figura do homem cada vez menor, até tornar-se um ponto apenas, um ponto no final da praia, a praia que não acaba nunca. O menino diz para si mesmo que não importa, que vai ficar ali sentado olhando o mar, para sempre, apenas o mar e o resto da vida, não importa se o homem se tornou um ponto indistinguível ao longo da praia, não importa se o homem desapareceu. Ele diz para si mesmo que não se importa, eu não me importo, ele repete em segredo, mas o olhar não para quieto, a figura que se afasta, cada vez mais, e em algum momento não restará nada, apenas a praia vazia, o menino e a praia vazia. Ele repete para si mesmo que não se importa, mas um sentimento de perplexidade toma conta dele. As lágrimas descem pelo seu rosto, ele tem raiva de si mesmo, ele chora, ele sempre chora. Ele está sozinho. Num impulso o menino se levanta, como se o corpo ganhasse novas forças, ainda é possível, pensa, ainda é possível, e se põe a correr outra vez, a figura ao longe, o menino olha para a frente, a figura ao longe. Cada vez mais perto, cada vez mais longe.

* * *

O meu pai era analfabeto, nem assinar o nome ele sabia, por muito tempo não teve nem carteira de identidade, não sabia em que ano tinha nascido, meu pai apareceu um dia naquele povoado, sem saber quem era, nem mesmo o seu nome, dizem que parecia em transe, não falava, não reagia, a família que o adotou por algum tempo achou que ele era mudo, retardado, mas depois descobriram que não, ele apenas aparecera assim, do nada. O meu pai apareceu do nada um dia, ele nunca falou da vida antes disso, nem uma palavra. Eu nunca perguntei. Há coisas que um homem não pergunta ao seu pai, coisas que devem ficar ali onde estão, no esquecimento, em silêncio. Há coisas que um homem jamais pergunta, está me ouvindo?, eu faço que sim com a cabeça, sim, eu estou ouvindo, é impossível não ouvir. Eu saí de casa muito cedo, o homem velho diz, nem completara os dezesseis anos, deixei tudo aquilo para trás, como se não houvesse existido. Eu nunca mais pensei no meu pai. Nem fui ao enterro quando ele morreu. Me avisaram, mas eu não fui, não havia nada a fazer por lá. Paguei todos os gastos, hospital, funerária, enterro, burocracias, eu paguei tudo, eu disse, pode deixar que eu pago tudo, mas não fui. Ele morreu, mas isso para mim não teve muita importância, eu tinha outras preocupações. Mas agora, por algum motivo, volto a pensar nele. Meu pai em silêncio pela casa, olho para as estantes cheias de livros, esta biblioteca, você sabe quantos livros eu tenho neste apartamento?, milhares, milhares de livros, uma biblioteca das mais completas. Eu, o filho de um analfabeto que um dia surgiu num povoado miserável, do nada, ainda mais miserável que o povoado. Agora, olhe para isto aqui, neste país há poucas bibliotecas privadas como esta. Você me pergunta, para que eu te chamei aqui, por que eu insisti tanto, talvez você pense, por causa desta biblioteca, você deve estar pensando, mas eu te digo logo, claro que não, você nem saberia o que fazer com todos estes livros, se não soube quando morava aqui e eu fiz de tudo para te ensinar, menos ainda saberia hoje, já adulto e certamente bem menos capaz, porque até mesmo a indolência da juventude você perdeu, a indolência, a irresponsabilidade que poderia gerar algum tipo de mudança em você, algum tipo de coragem, algo que te ajudasse a compreender a vida, a morte, qualquer porcaria, mas não, nem isso você tem mais. Enfim, a biblioteca tornou-se inútil, nem mesmo para guardá-la você serviria, um pequeno depósito, o seu apartamento de um ou dois quartos, tudo o que o seu talento conseguiu alcançar.

***

O apartamento de dois quartos é pequeno, mas arejado, diz o corretor. Na realidade um dos quartos é reversível, nem chega a ser um quarto realmente, um apartamento de um quarto e meio, seria o mais correto, eu digo, ele com o seu inabalável sorriso no rosto, um quarto reversível é o mais prático que há, dependendo das necessidades do morador pode transformar-se em escritório, em quarto de hóspedes, e até mesmo num quarto de bebê, o senhor tem filhos?, não, eu não tenho filhos, é para o senhor sozinho?, sim, sozinho, o corretor sorri ainda mais, então, perfeito, eu diria, o lugar ideal para um homem solteiro, nunca se sabe o que está por vir, não?, e ele dá uns tapinhas nas minhas costas, eu me afasto instintivamente, tenho vontade de lhe dar um soco, nunca dei um soco em alguém, destruir, desfigurar um rosto, a mão coberta de sangue, como se a violência física pudesse dar vazão a outra coisa, uma violência muito mais arraigada. Um rosto muito mais arraigado. Além disso, você tem esta varanda, não é muito grande, mas espaçosa o suficiente para colocar uma cadeira, beber um chope admirando a vista, ele aponta para uma mulher jovem no apartamento em frente, ela olha distraída para a rua, nas mãos, uma xícara de chá, ou de café, ela segura a xícara com força, ou com cuidado, como se pudesse derrubá-la a qualquer momento. Eu finjo que não a vejo, desconverso, falo do condomínio, o valor do condomínio, e continuo pelo apartamento, é um apartamento pequeno com um quarto e outro reversível, o prédio é antigo e malcuidado, percebem-se inícios de infiltração, uma violência muito mais arraigada, eu penso, e antes que o corretor possa dizer mais alguma coisa, digo, está ótimo, vou ficar com ele. O corretor sorri satisfeito.

***

Você nunca gostou daqui, não é?, eu pergunto, Nina se aninha em meu ombro, faz um carinho de leve no meu peito, é, não gosto muito. Eu sorrio, passo muito de leve a mão sobre os seus cabelos, ela continua após alguns instantes, há pouca claridade, não sei, parece que o ar não circula direito, e essa infiltração que sempre volta, aqui parece que tudo mofa, como se além do ar, também o tempo estivesse estagnado. Logo em seguida ela me dá um beijo, como para se desculpar, diz, não é que eu não goste daqui, eu gosto, adoro estar com você, mas é que seria tão melhor se passássemos nossos dias em outro lugar, um lugar mais bonito, mais aberto, mais arejado, poderíamos procurar juntos alguma coisa, um apartamento, e eu sairia da casa da minha irmã, o que você acha?, eu me desvencilho dela intuitivamente, Nina, eu já te disse que eu não, não quero casar, nem com você, nem com ninguém, nunca escondi isso, e me faz um favor, esquece de uma vez por todas essa ideia. Mas quem falou em casamento?, eu estou me referindo apenas a morar juntos, por questões puramente práticas, de conforto para nós dois, não, Nina, nem por questões práticas nem não práticas, mas não é possível, como não é possível, qual é o problema?, estamos juntos há tantos anos, o que de tão terrível poderia acontecer se fôssemos morar no mesmo apartamento?, eu não quero, simples, eu não quero, nunca menti, desde o começo eu disse, se você quer casar, ter filhos, essas coisas, está com a pessoa errada, você me respondeu que, imagina, você também não queria, que estava focada no trabalho, que estava feliz. Nina se afasta um pouco, me encara como se eu tivesse cometido um crime, eu sinto por ela uma raiva inexplicável, eu seria capaz de qualquer coisa para que ela nunca mais se aproximasse. Para que ela nunca me abandonasse.

***

Eu vivi a história deste país, a minha vida está atrelada a essa história. Eu fui jovem numa época em que a história de um homem era a história do seu país. Porque, ao contrário de agora, o homem não ficava escondido em seu quarto, debaixo da cama, atrás da mesinha, ou diante do computador, o homem não tinha medo de morrer, por isso mesmo também não tinha medo da vida. Vida e morte estavam interligadas, sempre estiveram. O homem velho faz seu discurso, o homem velho se repete, ele, o herói, ele Gêngis Khan, ele Mao Tsé-tung, ele, o cavalo branco de Napoleão.

***

O menino entra, o mais silenciosamente possível, os passos como se não existisse. O menino não existe. O menino flutua. Atravessa inexistente e etéreo o longo corredor do apartamento. O menino espera poder entrar em seu quarto sem ser visto, nunca mais ser visto, o menino pensa que se ninguém o perceber por tempo suficiente ele deixará de existir, mas o menino existe. Aonde você pensa que vai?, venha aqui agora mesmo, ordena uma voz de dentro do escritório, o menino treme, tem vontade de chorar, de fugir, o menino se move o mais lentamente possível, como se tentasse a cada passo permanecer no mesmo lugar. Aonde você pensa que vai, hein?, o menino entra no escritório, o pai está junto à estante, tem um livro pesado entre as mãos. Sente-se aí, temos um assunto muito sério a tratar. O homem fecha o livro. O menino promete a si mesmo que não vai chorar, o menino promete, as lágrimas pelo rosto, o menino nunca cumpre as suas promessas, está chorando por quê?, o menino não responde, responda, que choro é esse, você não passa mesmo de um mariquinhas, de um borra-botas, nem sabe o que eu vou falar e já está chorando. Eu deveria é te dar motivos reais, uma surra, uma boa surra, dessas de te deixar estatelado no tapete, aí sim, você choraria com razão. Moleque covarde, como vai ser na vida, hein? Vai se borrar todo sempre que alguém chegar perto? Sempre que alguém fizer buh? Vai desmaiar que nem uma florzinha? Hein, responde! Vai perder as pétalas como uma margarida assustada? O menino promete nunca mais chorar, nunca mais, o menino promete a si mesmo, o menino não diz nada. Se não parar de manha agora mesmo vai ter que se vestir de mulherzinha de agora em diante, só vestido, vestidinho, é isso o que você quer, seu maricas?, hein, responde, é isso o que você quer? Responde! Não vai responder? Então está certo, a partir de amanhã vai para o colégio vestido de florzinha, que é o que você é, pronto, está decidido. O menino quer dizer que não, o menino quer gritar bem alto que não, o menino quer fugir, o menino quer nunca mais ver aquele homem, o menino quer que aquele homem morra, pela primeira vez o pensamento toma forma, morra, o menino não diz nada.

***

Meu pai é um homem incrível, meu pai é um homem forte, meu pai é um homem culto, meu pai é um grande homem, ético, meu pai pensa na coletividade, algo tão raro hoje em dia, meu pai é justo, tem consciência social, acredita num mundo melhor, algo tão raro hoje em dia, meu pai foi capaz de arriscar a própria vida por um sonho, a própria vida pela pátria, a própria vida pelos outros, meu pai foi capaz de arriscar a própria vida pelos ideais, por uma sociedade mais justa, capaz de arriscar a própria vida. Meu pai só quer o melhor para mim.

***

Meu pai era ainda muito jovem, antes mesmo de casar com a minha mãe, ele era apenas um estudante de economia, um rapazinho mirrado, família do interior, família muito pobre, ganhara uma bolsa na faculdade por ter se destacado nos estudos, ainda nem pensava em ter mulher, filho, uma família, e seus sonhos se restringiam a literatura e revolução, meu pai escrevia poemas, poemas revolucionários, era ainda muito jovem, antes que acontecesse o que aconteceu.

***

Mas você deve estar se perguntando, afinal, por que eu te chamei aqui, eu faço que sim com a cabeça, sim, por que, afinal, você me chamou aqui, eu me pergunto, depois de tanto tempo, e me pergunto também, por que eu decidi vir até aqui, depois de tanto tempo. Eu não deveria ter vindo, eu penso, eu não tinha como não vir. Eu te chamei porque estou velho, doente, não tenho muito tempo de vida, não sei se você sabe, sim eu sei, eu faço que sim com a cabeça, um velho encurvado numa cadeira, um velho encolhido, o corpo magro de um velho, e o tempo de um velho chegando ao fim, sim, eu sei. Ambos sabemos que nossa relação sempre foi difícil, ambos sabemos, e agora posso dizer sem hesitação, eu sempre tentei te dar o melhor de mim, o melhor que eu tinha para dar a um filho, formação moral, educação, cultura, curiosidade pela vida, coragem, o melhor que eu tinha para dar a um filho era transformá-lo num grande homem. Mas olhe para você, eu falhei. Eu reconheço, não consegui fazer de você o que eu gostaria, hoje aos quarenta e seis anos, você é apenas isso que você é, inteligência mediana, desinteresse, falta total de talento, nem ao menos um pouco de iniciativa, paixão pelas coisas, nada. Apenas o tédio e um empreguinho medíocre, um quarto e sala, uma vida sem nenhuma contribuição que valha a pena, nem ao menos uma aposta, nada, absolutamente nada, como é possível?, meu filho, como é possível?, e aquela era a primeira vez que ele me chamava de meu filho, em meio aos insultos e recriminações, o velho, por alguns instantes, arrefecia, ódio e medo. Eu sei que foi culpa minha, talvez eu devesse ter sido mais duro com você, talvez eu devesse ter insistido mais, talvez eu não devesse ter permitido que você fosse embora, a interferência dos outros, parentes, professores, não sei, eu não sei, eu tentei de tudo, você sabe disso, você sabe, sim, eu sei, eu penso, eu sei.

***

Aos quarenta e seis anos é apenas isto o que eu sou, apenas isto. Olhe para você. Isto sou eu, aos quarenta e seis anos, quando eu poderia ter sido tão mais, tão melhor, tão maior, eu poderia ter me tornado um grande homem, eu poderia ter reunido um exército, eu poderia ter vencido as mais difíceis batalhas, ter conquistado o mundo, ter descoberto outros continentes, ter feito uma viagem interplanetária, eu poderia ter feito uma viagem astral, ou uma viagem para o exterior, ao menos, eu poderia ter me tornado um homem respeitado na minha área, um homem respeitado nacionalmente, um símbolo internacional, eu poderia ter sido tantas coisas que eu não sou e jamais vou ser, porque, olhe para você, o que eu sou é apenas isto, um homem de quarenta e seis anos que nunca deu nem nunca dará nenhuma contribuição significativa para a humanidade, nem para o seu país, nem mesmo para o seu bairro, seu prédio, seu apartamento de dois quartos, suas quatro paredes, e que após vinte e três anos volta ao mesmo lugar para ouvir as mesmas coisas de um homem atrás da mesa, atrás dos livros, a mesma mesa, os mesmos livros, na mesma casa, o mesmo homem. Olhe para você.

***

Agora eu quero que vocês desenhem a sua família, o menino pega o lápis, permanece alguns instantes imóvel fitando a folha de papel que a professora lhe dera, como se pensasse na solução de um problema, um problema de lógica, um diz sempre a mentira o outro sempre a verdade. O menino desenha um super-herói a cavalo, o herói tem uma longa capa, o super-herói empunha uma espada. O menino precisa de um bom tempo para terminar o desenho, o desenho exige atenção aos detalhes, na capa a letra *S* desenhada com esmero, logo ao fundo os bandidos, um sempre a mentira, o outro sempre a verdade, o super-herói sabe a resposta, o super-herói a cavalo. A professora, após algum tempo, se aproxima, a professora é uma mulher jovem e bonita, a professora tem perfume nos cabelos, a professora se aproxima e provoca um arrepio no corpo do menino, ela se inclina sobre ele, o cheiro perfumado, a voz suave da professora, ela pergunta, mas o que é isso?, o menino responde, errado, mas essa não é a sua família, não é?, o menino diz, errado, o menino repete errado, ela insiste, mas o que houve, meu bem, por que você não desenhou a sua família?, o menino não consegue olhar para a professora, o menino quer que ela desapareça, o menino quer que ela fique ali para sempre, a voz e o perfume da professora, mas ele apenas responde, errado, errado, errado.

***

O que é que você tem, Nina pergunta, eu respondo, nada, eu não tenho nada.

***

A professora chama ao colégio o pai do menino, a professora quer conversar sobre o menino e o desenho do menino e a resposta do menino. O pai não quer conversar, o pai sabe tudo o que a professora vai dizer, o pai sabe tudo o que ele mesmo vai dizer, o pai sabe tudo do menino. O seu filho tem problemas de atenção, diz a professora, o seu filho tem problemas de desatenção, o seu filho tem todo tipo de problemas. O seu filho sente falta da mãe. O pai não tem problemas, o pai tem um filho. O pai não sente falta de ninguém. O pai acha que o desenho do menino, apesar de estranho, é uma grande bobagem, o pai acha que a professora, apesar de bonita, é uma grande bobagem, o pai acha que o menino, apesar de seu filho, é uma grande bobagem.

O pai acha que há coisas muito mais importantes e sérias, e urgentes e terríveis no mundo, o pai conhece o mundo, o pai conhece o menino, o pai conhece inúmeras mulheres tão bonitas quanto a professora. A professora diz, o menino tem problemas de adaptação, o menino tem problemas de desadaptação, e por último, o seu filho é um menino estranho, e repete, o seu filho sente falta da mãe, por que não retomam o contato? O pai diz, sim, o meu filho é um menino estranho, o pai diz não, não haverá contato, ela é que foi embora, nos abandonou, o pai pensa, há coisas muito mais importantes e sérias e urgentes e estranhas, o pai pensa, a professora é uma mulher bonita, o pai pensa, a professora, quando se aproxima, exala um suave perfume de lavanda que o deixa estranhamente nostálgico. Mas o pai não pensa mais nisso.

***

Você quase nunca me beija, ela reclama. É claro que eu te beijo, que ideia, pronto, acabo de te beijar. Nina esboça um sorriso, mas o seu olhar é tenso e melancólico. Eu a puxo para mais perto de mim. Queria te beijar mais vezes, eu penso, mas esqueço, quando vou ver o dia passou e a noite passou e eu esqueço, queria te beijar mais vezes, mas esqueço, eu quero dizer, mas ela não entenderia. Ficamos os dois em silêncio, eu observo a infiltração do teto, a infiltração adquire novos relevos a cada chuva, o mofo que ameaça se instalar. Por que você não manda dar um jeito nisso logo de uma vez, pergunta Nina, como se ouvisse os meus pensamentos, eu esqueço, respondo. Quer que eu chame alguém, ela pergunta, aquilo me causa um incômodo instantâneo e irracional, não, não precisa, deixa que eu mesmo cuido das minhas coisas, digo imediatamente, sem conseguir disfarçar a agressividade na voz. Nina se afasta, responde, por que você faz isso?, isso o quê? eu pergunto, pensando que ela se refere à infiltração, mas ela diz, você quase não me beija, você quase não quer sair de casa, você quase não fala comigo direito, e quando fala é com tanta impaciência, esse desamor. Para que você me quer aqui?, talvez seja melhor eu ir embora. Nina me encara triste, derrotada. Eu a abraço com força, eu penso, não vai, Nina, não vai, fica, eu penso, mas não digo nada, e novamente eu esqueço, e passam-se mais dias e mais noites.

***

O corpo de Nina é pequeno e ágil, ao mesmo tempo levemente musculoso, como o de uma bailarina. Foi a primeira coisa que me atraiu, os movimentos precisos do corpo de Nina, sua exatidão. Tiro sua camisa, uma camisa que havia sido minha e que agora ela usa para estar em casa, em vez de desabotoá-la, puxo-a pela cabeça, seus cabelos curtos e despenteados, há algo andrógino em sua fisionomia. Nina me olha como se me desafiasse, os seios pequenos e firmes, vem, ela diz sorrindo, vem, por alguns instantes imagino perceber uma leve ponta de escárnio em sua expressão, como se me desafiasse. Aquilo me incomoda, seguro-a com força, há em meu desejo por Nina uma tênue vingança, eu penso, mas vingar-me de quê, mesmo assim, seguro seu rosto, seu queixo, como se a qualquer instante, num único movimento, preciso e calculado, eu pudesse torcer com toda violência o seu pescoço, quebrá-lo, restando apenas a cabeça pendendo frouxa, como a de uma ave qualquer.

***

Mas como eu te dizia, eu sei que você deve estar se perguntando por que eu te chamei aqui, como eu te dizia, estou velho, doente, sei que vou morrer. Mas não pense que faço drama ou que tenho medo da morte, nunca tive, a morte que venha, eu não me importo, ainda mais agora esta carcaça velha, cheia de achaques. Se ainda jovem, o corpo forte, a mente alerta eu não tive medo, mesmo nos momentos em que ela esteve mais próxima, a morte, eu não tive medo, ao contrário, eu a sentia rondando, diariamente, a morte rondava à minha espera, por muitas vezes pensei, ei-la aqui, a morte, eu a olhava de frente, mesmo nos momentos mais sombrios, porque era só o que me restava. Mas afinal, o que é que você sabe disso, nada, você não sabe de nada. É justamente por isso que eu te chamei aqui, porque eu quero que você saiba, que você entenda. Mesmo que você se recuse, sempre se recusou, desde criança, você não queria entender coisa alguma. Mas agora eu estou velho e vou morrer e faço uma última tentativa, porque quer você queira quer não, você é meu filho, meu único filho, quer eu queira quer não. Algo que nos aproxime. O velho faz uma pausa, ele se levanta com dificuldade, eu permaneço imóvel, ele caminha com dificuldade pelo escritório, ele vai até a estante mais próxima. Venha aqui, ele diz, eu me levanto, me aproximo. Só então percebo que sou muito mais alto, o corpo magro, só então percebo o quanto aquele homem é um homem velho e encurvado. Ele diz, está vendo essa caixa de couro, eu faço que sim com a cabeça, pois pegue-a e coloque-a sobre a escrivaninha. Essa de couro marrom. Eu obedeço, a caixa é grande e muito mais pesada do que aparenta, tento não deixar transparecer o esforço que ela me custa, tento não deixar transparecer o esforço que aquilo tudo me custa. Coloco a caixa sobre a mesa como ele pediu, ele diz, sente-se.

***

Deixe de moleza, diz o homem ao menino enquanto acelera o ritmo, a areia da praia afunda sob os pés do menino, que precisa dar muitos pequenos passos para acompanhar o homem em seus grandes passos, um grande passo do homem equivale a cinco pequenos passos do menino, o menino conta, um, dois, três, quatro, cinco, enquanto o homem cada vez mais distante, o menino reinicia a contagem, um, dois, três, quatro, cinco. O homem volta a repetir, a voz impostada, sem olhar para trás, cada vez mais distante, ande logo, ou você pensa que na vida vai ter gente te esperando, você pensa que vai ter gente colocando o tapete vermelho para você passar, jogando flores, batendo palmas, não, na vida não vai ter ninguém, na vida é só você e você mesmo, o homem parece que fala para si mesmo, o menino não entende o que o homem quer dizer, por isso, é melhor que você aprenda logo, o mundo não está à sua espera, ao contrário, o mundo não está nem aí para você, o mundo quer mais é que você desapareça, que você morra, entende?, não, é claro que você não entende, o menino conta angustiado um, dois, três, quatro, cinco passos, anda logo, e não se atreva a chorar, o que é isso? Não importa, se está cansado, depois descansa, cinco passos, pensa o menino, o homem cada vez mais distante, o menino pensa, ódio e medo, o menino pensa, cinco passos, ódio e medo, um, dois, três, quatro, cinco passos, o menino não chega nunca.

***

Aos quarenta e seis anos tudo o que eu tenho é um apartamento alugado, dois quartos, na realidade um quarto e outro reversível. Tenho também Nina, mas não a tenho, tenho também um trabalho, mas não o tenho. É necessário coragem para possuir as coisas, o homem velho diz, porque coragem não é só sair por aí vociferando meia dúzia de ideais, coragem é ser capaz das coisas mais prosaicas, como ter coisas que te prendam a um lugar, que te amarrem, coisas que pesem sobre teus ombros, veja esta casa, ela pesa sobre meus ombros, veja estes livros, esta mesa, estas paredes, está vendo?, tudo aqui pesa sobre os meus ombros, inclusive você, nada mais pesado do que você sobre meus ombros, desde o início. Quando eu voltei e te vi pela primeira vez, soube que seria assim, e vi sua mãe e o olhar da sua mãe, soube que não havia mais volta, nem para ela, nem para mim. E havia você nos braços da sua mãe pesando sobre meus ombros, e toda uma série de acontecimentos e palavras e silêncios. Porque o peso não te deixa ir embora, ao contrário de você, que construiu uma vida pensando em sair correndo na primeira oportunidade, porque é assim que você vive, como se fosse sair correndo. Por isso você não tem nada, por pura covardia, porque você vive na ilusão de que é possível fugir, e eu olho para você e penso, o que aconteceu, quando foi o momento em que você se transformou nisso, quando foi esse instante, quando você se transformou nisso que você é, diz o homem velho, e eu penso, aos quarenta e seis anos, tudo o que eu tenho é isso que eu sou, e o desejo de sair correndo, essa covardia.

***

    O homem velho senta-se novamente em sua cadeira. Ele aponta para a caixa que eu deixei em cima da mesa e diz, abra. Eu abro, o homem diz, está vendo?, são dezessete cadernos, todos do mesmo modelo, tamanho, cor, todos etiquetados, com exceção da etiqueta e do conteúdo, claro, não há diferença entre eles, está vendo?, o homem velho tira os cadernos um a um de dentro da caixa, cento e vinte e duas páginas cada um, num total de duas mil e setenta e quatro páginas escritas. Dezessete anos, tentei manter a mesma letra durante estes dezessete anos, um caderno por ano, tudo, absolutamente tudo documentado em detalhes. Como eu continuasse sem entender, o homem velho apoia as mãos numa pilha com alguns cadernos que acabara de colocar sobre a mesa e diz, olhe bem para isto, preste muita atenção porque é a coisa mais importante que eu já te pedi, a memória de toda uma vida, todos os acontecimentos, o que eu nunca disse nem a você nem a ninguém, a infância, a casa dos meus pais, a pobreza dos meus pais, a dificuldade em sobreviver, a miséria, depois os anos na faculdade, os estudos, o dinheiro, sempre o dinheiro. A política, que ainda não sabíamos que era política, as mudanças, a luta, para que o mundo se tornasse um lugar menos injusto, você sabe o que é estar disposto a dar a própria vida para que o mundo se torne um lugar melhor, um mundo sem você, para os outros, melhor? Claro que você não sabe, você que só se preocupa com você mesmo, o mundo, essa pequena ilha, apenas você e seus pequenos medos, suas pequenas vontades e esperanças, apenas você, e o outro, que morra, que sofra, que não tenha o que comer, o outro ali, invisível, não é? Porque a gente só imagina o que já existe dentro de nós. Essa estranha compaixão. Desde cedo eu olhava para você e pensava, como é possível que dentro de você não haja nada.

***

Nina me olha com desprezo, ou será pena, Nina me ama e não me ama, Nina não sabe por que continua ao meu lado, Nina não compreende seus próprios atos, suas palavras, ela pensa todas as noites, depois que eu adormeço, ou finjo que adormeço, ela pensa, por que continua ali ao meu lado, quanto tempo terá se passado, alguns minutos, dias, uma década talvez, e ela ali, um homem adormecido ao seu lado, um homem em silêncio, não há nada pior do que um homem em silêncio quando se quer ouvir algo, ela pensa, Nina espera impaciente que amanheça e eu acorde e que o novo dia traga outras possibilidades, um gesto inesperado, uma frase. Mas as possibilidades nunca vêm. A culpa é minha, eu digo, eu também não compreendo os meus próprios atos, minhas palavras. Nina parece cansada, ou será pena, eu te amo e não te amo, pensa, ela não diz nada. Eu faço que sim com a cabeça, como se repetisse, eu sei, eu sei. Eu tenho quarenta e quatro, quarenta e cinco, quarenta e seis anos, eu não tenho nada, eu repito, só o tempo no rosto de Nina, a pele que começa a perder seu viço, o corpo, sua exatidão, eu seguro seu rosto como se quisesse impedir qualquer subterfúgio, uma fuga, eu seguro o seu rosto e sinto entre as mãos o tempo nos olhos escuros de Nina, a boca, o nariz pequeno e arrebitado, e tudo mais de Nina que vai perdendo os contornos. A culpa é minha, eu penso.

***

Meu pai era um homem muito tímido e sensível, escrevia poemas, lia poetas russos no original. Sim, meu pai aprendeu russo sem ajuda de ninguém, autodidata, um dia ele se deparou com uma gramática num sebo do centro da cidade, havia tempo pensava, preciso aprender russo, é o idioma do futuro, o idioma da revolução. Meu pai acreditava nessas coisas, futuro, revolução, e lia poetas russos no original, ele queria chegar ao cerne das coisas, eu nunca soube o que era isso, mas ele queria chegar ao cerne das coisas, meu pai ainda muito jovem. Apaixonou-se por uma moça da faculdade, ruiva e bastante alta, magra, os cabelos longos e lisos, chamava-se Ilona, Ilona era filha de húngaros, haviam emigrado fugindo da guerra, Ilona se apaixonou pelo meu pai, a família era contra, Ilona não se importou, disse que era maior de idade e foi morar com ele, ela praticamente fugiu de casa, não levou nada, só a roupa do corpo, e meu pai foi muito apaixonado por ela, essa moça, e ela largou tudo, ficaram juntos quase um ano, morando no quartinho que meu pai alugava numa pensão perto da faculdade, o quarto era mínimo, mal cabia uma cama e um arame que ele prendera às paredes de modo a pendurar algumas roupas, era um quarto mínimo, e havia um cartão-postal preso com fita adesiva na parede, e a janela, praticamente uma espécie de basculante, dava para a parede dos fundos do prédio em frente. Ilona passava o dia inteiro naquele quarto lendo e esperando meu pai voltar, Ilona era jovem e linda.

***

Ilona era filha única de uma família muito rica. Largou tudo para ficar com meu pai, foram morar num quartinho de pensão, que era o que ele podia pagar, eram os dois muito jovens. Ilona passava o dia lendo naquele quarto, esperando meu pai chegar, lia tudo o que lhe caía nas mãos, lia os autores que meu pai admirava, lia os filósofos que meu pai admirava, os economistas, os sociólogos. Quando ele chegava bebiam vinho barato, comiam sardinhas, pão e sardinhas em lata, todos os dias, que era o que meu pai podia pagar. Ilona não se importava, Ilona lia e bebia vinho barato e esperava por ele. Durante um ano. Até que um dia, ou uma noite, Ilona engravidou, eles eram muito jovens, e meu pai era apenas um estudante e não tinha dinheiro para um filho naquele momento, nem tempo para um filho nem espaço para um filho. Meu pai dizia que um feto era só um feto, um feto é só um feto, não é uma pessoa, nem mesmo um animal, e Ilona achou que ele tinha razão, um feto não é uma pessoa, nem mesmo um animal, ela repetia para si mesma. Ilona, que era linda e rica e tinha largado tudo para ficar com meu pai, acordou no dia seguinte, depois da conversa e foi sozinha até o endereço conseguido por uma amiga, uma senhora que cuidaria do problema, o meu pai dissera, temos que cuidar desse problema. E Ilona foi sozinha naquela tarde cuidar do problema. A senhora cuidava dos problemas em sua própria casa, um discreto sobrado no centro da cidade. Recebeu Ilona como uma avó que recebe a neta para uma xícara de chá. A senhora deitou Ilona em sua própria cama e disse, agora fique calma, querida, tudo vai ficar bem, e Ilona fechou os olhos e repetiu, tudo vai ficar bem. Quando tudo acabou e ficou bem, Ilona pegou sua bolsa e pegou um ônibus e voltou para o pequeno quarto de pensão. Ficou o resto do dia lá, sentindo dores e repetindo que tudo ficaria bem. Quando meu pai chegou, ela disse apenas que tinha resolvido o assunto, meu pai não disse nada, e eles beberam vinho barato e comeram pão com sardinha em lata, como em tantas outras noites.

***

O menino não conseguia dormir, a cama grande demais, o quarto grande demais, a janela, e só ele ali, os móveis, o menino se sentia extremamente pequeno dentro daquele acúmulo de desproporções, o menino olhava para o teto e via as mais diversas formas ganhando vida, via as sombras que se desprendiam da luz que entrava pela fresta da cortina. Embaixo da cama vivem monstros, ele pensava, dentro do armário vivem monstros, nas gavetas da cômoda, nos bolsos dos casacos, nas meias dobradas nas gavetas, nos meandros do espelho, sob a cúpula do abajur, os monstros viviam nos mais diversos recantos, o menino pensava, os monstros não dormiam nunca, os monstros estavam sempre à espreita. O menino sabia que bastava o primeiro passo em falso, e ele perderia, irremediavelmente. Ele fechava os olhos, puxava a coberta até cobrir a cabeça e tentava dormir.

***

Está tudo aí, diz o homem velho apontando para os cadernos, tudo. Você sabe o que é isso?, o homem velho apoia a mão sobre a pilha de cadernos como se a qualquer instante pudesse perder o equilíbrio ou como se de alguma forma os protegesse com aquele gesto, o peso do próprio corpo, o corpo magro de um velho. Eu olho fixo para os cadernos. Ele continua, estes são os diários que eu escrevi nestes últimos dezessete anos, um longo exercício de rememoração, a infância, a adolescência, os anos de faculdade, a prisão, eu que nunca falei do tempo em que estive preso, está tudo aí, tudo o que eu vivi, o que eu pensei, as pessoas, suas frases, seus nomes, está tudo aí, todo o tempo que eu passei lá, que é todo o tempo do mundo, um tempo que não acaba. Está tudo aí, os anos no exílio, a vida desses anos, depois a volta, as mudanças, a volta a um país que não existia mais, você entende?, está me ouvindo, entende?, ele continua, eu comecei do zero várias vezes na vida, está tudo aí, todas as vezes em que cheguei ao limite e me refiz a partir do nada. Quantas vezes eu tive que reconstruir tudo, está tudo aqui, nestes cadernos, até os últimos anos, as mudanças, coisas que você jamais imaginaria, toda uma vida, dezessete cadernos, foi do jeito que está aqui, você entende? Eu olho para aqueles cadernos e não penso em nada.

***

Você quase não me toca, ela diz, mas é claro que eu te toco, e automaticamente coloco minha mão sobre seu rosto, deslizo a ponta dos dedos na pele fina do rosto, o alto da testa, a têmpora, a lateral que termina no queixo, boca. Ela se afasta. Eu quase não a toco, o corpo de Nina. O constante envelhecer do corpo de Nina. Como um espelho. Eu que fujo dos espelhos todos os dias, apenas para fazer a barba, passar os dedos entre os cabelos, escovar os dentes, eu quase não me olho, mas vejo o corpo de Nina, eu olho e vejo o corpo e o tempo no corpo de Nina. Os seios, as coxas, as costas, e até mesmo a curva da cintura, até mesmo ali o tempo que passa escancarado, ela diz, você quase não me toca, e eu quero dizer, Nina, eu não posso tocar o tempo que passa assim tão escancarado no teu corpo, você entende?, eu quero dizer, eu não posso tocar esse tempo em teu corpo no meu, você entende?, Nina tem vontade de gritar e ir embora e nunca mais me ver, nunca mais voltar, nunca mais dormir ao meu lado, eu muito longe no outro extremo da cama, jamais um carinho, um abraço, nem mesmo a mão que se estende em busca do outro, da presença do outro. Nina tem vontade de me dizer coisas horríveis, vontade de me bater, de me afastar, mas Nina não diz nada, eu adormeço.

***

Meu pai esteve preso, durante um ano, desapareceu de um dia para outro. Foram buscá-lo em casa, minha mãe estava com ele, assistiam às notícias na televisão, eu ainda não havia nascido, ela grávida de mim, minha mãe estava grávida quando foram buscá-lo, ele foi sem dizer nada. Meu pai teve muito medo por ela e por mim dentro da barriga, quis nos proteger, tudo o que ele fez foi para proteger a mulher e o filho, eu na barriga da minha mãe, e meu pai saiu de casa sem dizer nada. E não voltou, durante um ano, todos os dias ele não voltou, minha mãe procurou por ele em todos os lugares, ia atrás de qualquer pista, qualquer detalhe, muitos já o davam por morto, pensavam, nunca vão achá-lo, um desses mortos que nunca morrem porque não tem corpo que enterrar, mortos que não têm nem mesmo um osso, uma cartilagem, um fio de cabelo para enterrar, chorar, levar flores, flores para o fio de cabelo, pensaram que ela enlouqueceria, pensaram, ela não vai suportar, eu dentro daquela barriga, ela se arrastando pelos dias, e aquele silêncio. Mas então eu nasci.

***

Quero te dizer uma coisa, Nina deitada ao meu lado, sim, o que é?, ela sorri, passa os dedos pelo meu rosto, contornando o queixo, o formato da boca, eu seguro sua mão, beijo-a, depois me afasto um pouco para enxergá-la melhor, ou para proteger-me talvez, Nina, quero te dizer uma coisa. Sua expressão agora muda, ela me olha preocupada. Eu gosto de você aqui, nesta casa, na minha vida, gosto que você venha nos fins de semana, podemos viajar de vez em quando. Nina afastou agora ela mesma o corpo, como se quisesse me enxergar melhor, ou proteger-se. Mas, Nina, fora isso, eu não tenho nada para te oferecer, não tenho posses, dinheiro, nem mesmo um bom trabalho, você entende? Ela me olha séria, parece pensativa. Mas não é só isso, há algo que pesa em cada movimento que faço, e me impede. Nina passa o dorso da mão pelo meu rosto, mas por que você está me dizendo isso agora?, Nina, eu digo, você não entende, eu tenho 40, 41, 42, 43, 44, 45, 46 anos eu não tenho nada.

***

Ilona foi embora no dia seguinte. Assim que meu pai saiu para a faculdade, Ilona pegou suas coisas e voltou para a casa dos pais. Quando ele voltou, o armário improvisado, que era uma velha estante coberta por um lençol, estava vazio das coisas de Ilona, as roupas e os livros e o cheiro de Ilona. Quando o meu pai voltou, havia apenas isto, a ausência de Ilona no pequeno quarto de pensão. Saiu atrás dela feito louco, muita gente viu, procurou por todos os lugares, casa de amigos, bares, faculdade, até que descobriu que Ilona voltara para a casa dos pais. Na mesma hora foi até lá e ficou ali, gritando em frente ao portão, chamando por ela, Ilona. Muita gente ouviu, ele gritando, Ilona. Até que em algum momento ela mesma apareceu, séria, impassível, encarando-o com ódio, com desprezo, que não a procurasse mais, nunca mais. Meu pai tentou dissuadi-la, ao menos entender o que havia acontecido, mas tudo o que ela disse foi isso, que não a procurasse mais, nunca mais, e meu pai viu como Ilona desaparecia pelo jardim, pelo portão. Foi a última vez que ele a viu. A figura ruiva e esguia de Ilona. No ano seguinte ela se casou com um advogado austríaco e foi morar na Europa. Ilona teve três filhos. Naquela noite viram meu pai chorando, a noite em que ela casou, foi a única vez que alguém viu meu pai chorar.

***

Quando meu pai voltou, depois de um ano sem notícias, era como se fosse outro homem, muito magro, nem se percebia a complcição atlética dc antcs, o cabelo antes escuro, agora quase todo branco, os gestos lentos, indecisos, a voz se tornara estranhamente rouca, mas não era só isso, havia outra coisa, que minha mãe naquele primeiro momento não soube precisar, mas sentiu, uma hesitação, um olhar que o tempo todo lhe escapava. Meu pai continuava preso em algum lugar. E minha mãe soube, naquele mesmo instante, que ele nunca mais voltaria.

***

Luzia fora ainda muito nova trabalhar na casa do meu pai. Viera junto com a irmã e o cunhado. A irmã era costureira, o cunhado já havia trabalhado na construção civil. A irmã e o cunhado em busca de trabalho e de uma vida melhor, Luzia ainda muito jovem não sabia ao certo o que buscava. Quando Luzia ainda muito jovem chegou à casa do meu pai, meu pai já era velho, Luzia chegou indicada pelo porteiro do prédio, jovem trabalhadora, limpa e séria, dissera ele, muito trabalhadora, limpa e séria, meu pai aceitara. Luzia era muito jovem e muito limpa e muito séria e trabalhadora quando viu meu pai pela primeira vez, ele já era um velho, ou quase velho, e a doença já começara a tomar seu espaço, meu pai era um homem doente e quase velho quando viu a jovem Luzia pela primeira vez. Mesmo tão jovem na época, e limpa e séria, Luzia não era linda, nem ao menos bonita, meu pai que já tivera mulheres belíssimas, como Ilona, e tantas outras, até mesmo como a minha mãe. Mulheres lindas e instruídas. Mas Luzia, que era bem menos instruída, e mal sabia ler e escrever, era séria e eficiente e não falava sem necessidade, e cuidava do meu pai, e cuidava da casa, e da comida, e dos livros e das roupas e da hora dos remédios. E Luzia foi ficando, e meu pai também foi ficando, naquela casa lado a lado, naquela vida, que era a vida do meu pai, que lenta, mas tenaz, ia chegando ao fim.

***

O corpo de Nina tem uma força inexplicável, como se fosse capaz de suportar qualquer peso, qualquer golpe, qualquer desencanto. Um corpo submetido à disciplina das privações, o corpo inatingível de Nina, todos os dias, ritmos e respirações. Nina acorda às cinco da manhã, toma um banho de água fria e sai para correr, sozinha pela beira da praia, como se treinasse para uma maratona, dez quilômetros todos os dias, ela contando os minutos, o pulso, as batidas do coração. Uma angústia que não acaba. Por mais que Nina continue, implacável, o dia amanhecendo todos os dias, o ar fresco da manhã e as pessoas que pouco a pouco vão surgindo na paisagem, a angústia não diminui. Às vezes eu acordo, vejo a luz do banheiro, ou a camisola sobre a cadeira, ou uma sombra que atravessa o quarto, os olhos fechados até ela sair, às vezes, distraído, repito em voz baixa, como se falasse para mim mesmo, como se falasse para ninguém, Nina, por mais que você corra e se molde e se canse, não há disciplina para o tempo que passa.

***

O pai do menino acha que ele deve dar valor ao dinheiro, nada é de graça nesta vida, tudo exige esforço e trabalho, muito trabalho, ímpeto, persistência, você entende?, você que tem tudo, eu não tive nada, eu já te disse?, éramos muito pobres, e no final do dia meu pai não sabia como alimentar sua família no dia seguinte, porque sempre havia um dia seguinte, e uma família precisando ser alimentada, sem trégua, porque não há trégua, nunca há, sempre alguém precisando ser alimentado, nem que seja apenas você mesmo, esforço e ímpeto e trabalho, que sem isso nada se consegue. É necessário aprender desde cedo, desde muito cedo, a dar valor às coisas, porque está vendo esta casa aqui, e essas roupas que você está vestindo, e a comida que você come e a água que você bebe, tudo fui eu que consegui, trabalhei muito, desde sempre, esforço e trabalho, e agora posso te dar, sem trégua, as coisas não caem do céu, nada cai do céu, ninguém te dá nada sem esperar algo em troca, nem que seja reconhecimento, nem que seja gratidão, você sabe o que é gratidão, é claro que não tem ideia, se você nunca passou necessidade, nunca passou fome, eu que ia todos os dias a pé para a escola, todos os dias, dez quilômetros a pé, sabe o que é isso, dez quilômetros, porque se eu não fizesse ninguém faria por mim, ninguém me daria, porque éramos muito pobres, e não tínhamos nada.

***

Depois da escola, o menino caminha pelas ruas do seu bairro, perde-se pelas esquinas, o menino espera que o tempo passe, mais rápido, mais tênue, o menino espera passar despercebido, tornar-se invisível, que ninguém o veja, que ninguém o escute, o menino espera nunca mais certo-errado, nunca mais Gêngis Khan, nunca mais o cavalo branco de Napoleão, o menino espera um dia, sem perceber, nunca mais voltar. Nunca mais a biblioteca nem a areia da praia, nunca mais as coisas que ele não sabe. O menino pelas ruas do bairro entra numa loja, o menino olha em volta, nunca mais voltar, uma loja de departamentos, dessas enormes, dez quilômetros dentro da loja, o menino espera passar despercebido, invisível na loja, nos dez quilômetros de coisas dentro da loja, o menino passa despercebido pelas gôndolas e pega uma barra de chocolate, o menino invisível e rápido e tênue guarda a barra de chocolate dentro do casaco, e olha em volta e espera que o tempo passe, o menino nesse instante percebe que é capaz de um ato heroico, um ato de coragem, finalmente a coragem. O chocolate na gôndola tão perto da sua mão, bastava estendê-la, bastava aproximar-se, e agora ninguém vê os dedos do menino apertando com força o chocolate, os dedos trêmulos do menino dentro do bolso do casaco, dentro da loja, apertando, apertando, o chocolate a espalhar-se entre os dedos, o menino sai correndo da loja, ninguém o vê, ninguém percebe a sua fuga. O menino sai vitorioso, o menino é invisível, o menino é rápido, o menino é tênue, nunca mais certo-errado, nunca mais o medo, nunca mais o choro.

***

Luzia sempre cuidou muito bem do meu pai, desde o início. Luzia lavava e passava a roupa, e arrumava a cama, e limpava as estantes cheias de livros, e fazia o almoço, e o suco de caju que meu pai tomava durante o almoço, e o café com adoçante depois do almoço, e a xícara de café que meu pai tomava antes de deitar, e depois cuidava para que ele não tomasse mais café antes de deitar, que ele tomava mesmo assim, o corpo que se extinguiria mesmo assim, argumentava, com ou sem café ou remédio ou mingau. Meu pai nunca gostou de mingau, mas Luzia preparava mesmo assim, porque era para o bem dele, assim como cuidava de todo o resto da sua vida, que não perdesse a hora do remédio e a hora de acordar, e a hora de dormir. Luzia era uma mulher atenta, e caminhava entre coisas como se as coisas não estivessem ali.

***

No início, meu pai mal percebeu a existência de Luzia, Luzia pela casa, pelos quartos, na cozinha, Luzia lavando a louça, Luzia limpando os vidros, Luzia arrumando as almofadas do sofá. Mas o início passou e logo Luzia se tornou outra coisa. Uma mulher, não muito bonita, não muito exigente, meu pai que havia conhecido mulheres belíssimas, como Ilona, exigentes, e até mesmo como a minha mãe. Luzia era menos etérea, menos sutil, mas tinha a seu favor uma juventude escancarada, a juventude do corpo não tão belo de Luzia, a juventude das palavras não tão agudas de Luzia, a juventude. O frescor, pois Luzia era inteira esse frescor do corpo limpo e concreto, a pele elástica e cheirando a sabonete. Luzia que nascera muitas décadas depois, quando Ilona havia muito, numa cidade austríaca, o corpo apagado e triste, cuidava dos netos e do marido e dos remédios do marido, e dos próprios remédios e do esquecimento. Quando Luzia nascera o esquecimento já se infiltrara no corpo de Ilona. Mas Luzia não, Luzia caminhando senhora pelos corredores, Luzia sem reticências, ou medos, ou dúvidas. Luzia, que com sua retidão se apoderara da casa e da morte dentro dela.

***

Eu quero que você guarde isso tudo, o homem velho me olha impositivo. Quero que você pegue esta caixa, estes cadernos dentro da caixa, e leve com você, você entende a importância do que estou te pedindo?, eu faço que sim com a cabeça, um sempre a mentira, outro sempre a verdade, eles são seus agora, quero que você leve e guarde, enquanto eu estiver vivo quero apenas que você guarde, está tudo aí, tudo, você entende a importância? Eu estou velho, doente, diz o homem velho, não tenho muito mais tempo, tampouco tenho medo da morte, a morte que venha, já vivi demais, só me preocupa isto, estes cadernos, me preocupa que os outros saibam o que aconteceu, e, principalmente, que você saiba o que aconteceu, a verdade. Porque o que importa está aqui, nestes cadernos, nesta caixa. A história, como ela realmente foi, a verdade, minha preocupação é com a verdade. E quero que você cuide disso, você, quero que você leve estes cadernos, guarde-os em lugar seguro, e não fale disso a ninguém, você está entendendo?, eu faço que sim, ninguém, eu faço que sim. E quando eu morrer, finalmente morrer, quero que você os leia, um por um, linha a linha, palavra a palavra, estão numerados, leia na ordem da numeração, é importante, leia atentamente, preste atenção aos detalhes, às minúcias, tudo tem significado, tudo é essencial, cada vírgula, cada palavra, e, eu tenho certeza, quando terminar a leitura você vai entender, finalmente você vai entender, e talvez me despreze um pouco menos, você vai entender, meus motivos, minhas preocupações, minhas batalhas, minhas lembranças, minhas impossibilidades, tudo o que eu fiz, desde o início, desde sempre. Porque estes diários foram escritos para você. Eu faço que sim com a cabeça, ódio e medo, mais do que nunca ódio e medo, sempre a mentira, sempre a verdade.

***

Quando meu pai voltou eu já tinha nascido, quando ele voltou, entrou em casa, a primeira coisa que viu foi a mim no colo da minha mãe, ela se aproximou, surpresa, o barulho da porta se abrindo, a expressão congelada do rosto, havia mais de um ano a expressão congelada no rosto, e eu nos braços da minha mãe. Meu pai entrou em casa, nada mudara, o tempo estagnado de um único instante, e a imprecisão de um único instante, o tempo estagnado e ao mesmo tempo todo um ano no qual meu pai não existira e do qual jamais poderia falar. Por mais que se esforçasse, jamais poderia falar. Entre ele e minha mãe estava aquele ano, as palavras impossíveis daquele ano. Entre eles, um ano para sempre em suspenso e eu.

II.

Eu saio em silêncio carregando a caixa com os cadernos pelo corredor, dezessete cadernos, todos aqueles anos. Luzia vem atrás de mim, como se estivesse me esperando, Luzia não diz nada, apenas me segue, abre a porta, talvez para se certificar de que eu levo a caixa comigo, que não a larguei em algum canto, que não desisti, ou que eu ia embora mesmo, não sei. Luzia fecha a porta daquela casa e eu sei que nunca mais voltarei lá. O barulho da chave na fechadura. O mundo lá fora, o mundo lá dentro. No mundo lá fora, lá dentro da casa, do escritório, o homem velho continua sentado, imóvel, um rosto sem expressão. Ele sabe que vai morrer, o corpo magro, encolhido, a doença que se alastra, o envolve. O homem velho sabe, mas não se importa, e agora nem mesmo os cadernos, aquela herança de conversas perdidas, desperdiçadas, o esforço dos mínimos detalhes, todos aqueles anos, os mínimos detalhes, e, agora, enfim, o esquecimento. O homem velho sabe que o tempo é escasso, a doença, o corpo que já não opõe resistência, ele que um dia tivera tanta certeza, e passara anos, décadas, em meio a essa expectativa, esse encanto, sem pensar que não lhe pertenciam realmente, que nada lhe pertencia realmente, nem mesmo aquela casa, nem mesmo aquele filho. Uma história que ele tentara conduzir e moldar sem resultado. E nem mesmo a mãe daquele filho, que os abandonara e construíra uma vida em outro país. Ele falhara o tempo todo. E agora apenas os cadernos e aquele momento interrompido. A história acaba quando o tempo se esgota e o corpo que a escreve se esgota, a história acaba quando somos obrigados a nos livrar dela, para que outro a compreenda, e coloque em seu texto uma vírgula ou um ponto final. A história acaba, não, a história não acaba nunca. Agora derrotado, sente o tempo que passa, feito sombra, negro e denso e único, o tempo pelas artérias. O homem velho sabe, ele que conseguiu tudo, ele que se reergueu do nada e tentou se agarrar ao mundo, o homem velho sabe que, agora, para seu espanto, chegava ao fim. E o fim era sempre inesperado. Por isso os heróis, que não envelheciam nunca. Por isso a distância, até o último instante, mas as mesquinharias do corpo, até em seus pensamentos as mesquinharias, os desvios, as impossibilidades. Mas ele não permitiria nenhum escape, agora que o fim tinha chegado, os cadernos que haviam deixado de ser seus, a herança, agora, de outro e de outro, sim, ele mantinha a distância, agora que tudo chegava ao fim. Era necessário, o homem velho continuou pensando, algo que nem chegava realmente a ser uma frase, apenas uma urgência, um retalho de frase, era necessário, pensava enquanto procurava a chave que abria a gaveta da escrivaninha, sim ele possuía uma escrivaninha, e uma casa e um escritório, e uma gaveta na escrivaninha, e um revólver na gaveta da escrivaninha, para quando chegasse o fim. Há quanto tempo estaria ali, aquela arma, há quantos anos ele a mantivera ali, aguardando, aquele dia, aquele instante. A arma encostada junto à têmpora direita, a mão trêmula junto à têmpora direita, capaz de qualquer silêncio. Mas agora o homem velho era um homem que sustentava o peso de uma arma, as mãos que tremiam porque tudo nele tremia, o dedo junto ao gatilho, era necessário não ter medo, nem fome, nem frio, nem qualquer sentimento inesperado, e a certeza, mesmo que se tratasse apenas de um homem velho sentado em seu escritório, e ninguém ao seu lado, e uma arma. Mesmo que se tratasse apenas de alguns segundos, os segundos entre o desejo de apertar o gatilho e a decisão de apertar o gatilho, e o contato dos dedos, e a intuição do metal, mesmo que apenas uma fração de segundo, nesse último instante, e os últimos pensamentos de um homem que acabava, que se misturavam com os de outros homens que acabavam, homens que vieram antes dele, e os que viriam depois, os pensamentos de todos os homens num só homem que acabava, velho e doente e perplexo em seu escritório, a morte de outros homens na morte de um só homem, como se todas as histórias precisassem de uma só história para existir, como se todos os homens precisassem de um só homem e um só gatilho para existir, era necessário apenas um único gatilho para introduzir uma bala na têmpora direita de todos os homens, o velho pensava, ou talvez fosse muito tarde, pensava se a hora não chegara já muito antes, no ano em que desaparecera, e agora ele ali, permitindo que o tempo se estendesse, se esgarçasse, era muito tarde, ele pensava, ou muito cedo, a mão escorregadia de suor, era muito cedo e muito tarde, ali com o gatilho, e o revólver junto à têmpora, ele pensava, já anoitecera, muito tarde, ou seria o sol que acabara de nascer, sim, ele pensava, era muito cedo, o gatilho, o sol, e o revólver junto à têmpora, muito cedo, muito tarde, ele pensava.

1ª EDIÇÃO [2014] 3 reimpressões

ESTA OBRA FOI COMPOSTA EM MERIDIEN PELO ESTÚDIO O.L.M. / FLAVIO PERALTA
E IMPRESSA EM OFSETE PELA GRÁFICA PAYM SOBRE PAPEL PÓLEN BOLD
DA SUZANO S.A. PARA A EDITORA SCHWARCZ EM JANEIRO DE 2025

A marca FSC® é a garantia de que a madeira utilizada na fabricação do papel deste livro provém de florestas que foram gerenciadas de maneira ambientalmente correta, socialmente justa e economicamente viável, além de outras fontes de origem controlada.